Les amants étrangers

J'AI LU

PHILIP JOSÉ FARMER

LES AMANTS ÉTRANGERS	*J'ai lu* 537/**3***
L'UNIVERS À L'ENVERS	*J'ai lu* 581/**2***
OSE	*J'ai lu* 621/**2***
LE FAISEUR D'UNIVERS	
LES PORTES DE LA CRÉATION	
UN COSMOS PRIVÉ	
DES RAPPORTS ÉTRANGES	*J'ai lu* 712/**3***
LA NUIT DE LA LUMIÈRE	*J'ai lu* 885/**2***
TARZAN VOUS SALUE BIEN	
LE SEIGNEUR DES ARBRES	
SILVER GRANDCŒUR	
LE TEMPS DU RETOUR	
LE SOLEIL OBSCUR	*J'ai lu* 1257/**4***
LA JUNGLE NUE	
LE FLEUVE DE L'ÉTERNITÉ :	
1. LE MONDE DU FLEUVE	*J'ai lu* 1575/**3***
2. LE BATEAU FABULEUX	*J'ai lu* 1589/**4***
3. LE NOIR DESSEIN	*J'ai lu* 2074/**6***
4. LE LABYRINTHE MAGIQUE	*J'ai lu* 2088/**6***
5. LES DIEUX DU FLEUVE	*J'ai lu* 2536/**6***

PHILIP JOSÉ FARMER

Les amants étrangers

TRADUIT DE L'AMÉRICAIN
PAR MICHEL DEUTSCH

ÉDITIONS J'AI LU

Ce roman a paru sous le titre original :

THE LOVERS

1

Très loin, quelqu'un murmurait : « Il faut que je parte. Il doit bien y avoir une porte de sortie. »

Hal Yarrow se réveilla en sursaut et se rendit compte que c'était lui qui avait parlé. Pourtant, les paroles qu'il avait prononcées étaient sans aucun rapport avec le rêve dont il émergeait.

Qu'avait-il voulu dire en marmonnant ces mots? Et où était-il? Avait-il véritablement voyagé dans le temps ou était-ce un rêve subjectif qui l'avait visité? Le souvenir qu'il en gardait était si vivace qu'il avait du mal à réintégrer l'univers ambiant.

Un coup d'œil sur l'homme assis à ses côtés lui éclaircit l'esprit. Il se trouvait dans la malle de Sigmenville et l'on était en 550 ap. S. (3050 ap. J.-C., ancien style, lui souffla son cerveau d'érudit). Il n'était pas sur une planète étrangère à bien des années-lumière d'ici, comme dans son rêve, et il n'était pas davantage face à face avec le glorieux Isaac Sigmen, le Précurseur, réel soit son nom.

Son voisin décocha à Hal un regard en coin; c'était un personnage maigre, aux pommettes hautes, aux cheveux noirs et plats, dont les yeux bridés avaient quelque chose de mongoloïde. Il portait l'uniforme bleu clair des ingénieurs, et l'emblème d'aluminium fixé du côté gauche de sa poitrine indiquait qu'il occupait un rang élevé au sein de cette catégorie. C'était sans doute un électronicien diplômé d'une école professionnelle renommée.

L'inconnu se racla la gorge et dit en américain :

— Mille pardons, *abba*. Je sais que je ne suis pas habilité à vous adresser la parole sans votre permission. Mais vous m'avez dit quelque chose en vous réveillant. D'ailleurs, dans la mesure où vous êtes dans cette cabine, vous avez accepté une égalité provisoire. Toujours est-il que je meurs d'envie de vous poser une question. Ce n'est pas pour rien qu'on m'appelle Sam-la-Fouine! (Il rit nerveusement et reprit :) Je n'ai pas pu m'empêcher d'entendre votre réponse à l'hôtesse quand elle a voulu s'assurer que vous aviez le droit d'occuper cette place. Me suis-je mépris ou lui avez-vous dit que vous étiez un *tatou*?

Hal sourit.

— Non. Pas tatou : *tchatout*. La contraction de *touche-à-tout*. Cependant, vous ne vous êtes pas tellement trompé. Aux yeux des professionnels, un *tchatout* a à peu près autant de prestige qu'un tatou!

Il poussa un soupir en songeant aux humiliations qu'il avait endurées pour avoir décidé de ne pas choisir une spécialisation étroite, puis se tourna vers la fenêtre afin de décourager les tentatives de conversation de son voisin. Très haut dans le ciel jaillit une lueur éclatante, certainement un astronef militaire qui faisait sa rentrée dans l'atmosphère. Les rares vaisseaux civils étaient moins rapides et plus discrets.

Il voyait se dessiner, six mille mètres plus bas, la courbe du continent nord-américain, éblouissant flamboiement coupé, ici et là, de minces rubans d'obscurité. Ces bandes sombres avaient plus d'épaisseur là où il y avait une chaîne de montagnes ou un plan d'eau où l'homme n'avait pas encore réussi à élever des édifices ni à industrialiser. La grande cité... La Mégalopole... Dire que, à peine trois siècles auparavant, le continent entier n'était habité que par deux millions d'êtres! Dans cinquante ans, s'il ne survenait pas quelque catastrophe, par exemple une guerre entre l'Union Haïjacienne et les Républiques Israéliennes, la population de l'Amérique du Nord s'élèverait à quatorze, peut-être même à quinze millards d'hommes!

La seule région délibérément soustraite à une occupation massive était la Réserve Zoologique de la Baie d'Hudson. Il n'y avait qu'un quart d'heure que Hal l'avait quittée et, déjà, son cœur se serrait à l'idée qu'il ne pourrait y retourner avant longtemps.

Il soupira encore. La Réserve de la Baie d'Hudson... Des arbres par milliers, des montagnes, de grands lacs bleus, des oiseaux, des renards, des lapins et même des lynx aux dires des gardes forestiers... Mais en si petit nombre que, d'ici à dix ans, ils viendraient s'ajouter à l'interminable liste des espèces éteintes.

Hal pouvait respirer dans la Réserve; il s'y sentait à l'aise. Libre. Il y éprouvait aussi, parfois, le déchirement de la solitude et une sorte d'angoisse. Il commençait tout juste à surmonter cet inconfort quand les recherches qu'il menait parmi les vingt habitants francophones de la Réserve étaient parvenues à leur terme.

L'homme assis à côté de lui s'agita comme s'il rassemblait tout son courage pour adresser à nouveau la parole au professionnel qu'était son voisin. Après quelques timides toussotements préliminaires, il dit :

— Sigmen me vienne en aide, j'espère ne pas vous avoir offensé. Mais je me demandais si...

En fait, Hal Yarrow était bel et bien fâché : son compagnon de voyage manquait vraiment trop de discrétion. Mais il se remémora les paroles du Précurseur : *Tous les hommes sont frères, quoique certains soient plus favorisés que d'autres par le père.* Ce n'était pas la faute de cet homme si la cabine de première classe avait été prise par d'autres voyageurs bénéficiant d'une priorité supérieure, ce qui avait obligé Hal à choisir : ou attendre une autre malle, ou faire le trajet avec des gens d'échelon subalterne.

— En ce qui me concerne, c'est *shib,* dit Yarrow.

— Ah! fit l'autre avec soulagement. Alors, m'en voudrez-vous si je vous pose une autre question? Ce n'est pas pour rien qu'on m'appelle Sam-la-Fouine comme je vous disais. Ha! Ha!

— Non, pas du tout. Je vais vous expliquer. Un *tchatout,* en dépit de son nom, n'embrasse pas la totalité des sciences. Il se confine à une discipline particulière mais, à l'intérieur de celle-ci, cherche à comprendre le plus grand nombre possible de branches spécialisées. Moi, par exemple, je suis un *tchatout* linguiste. Au lieu d'être cantonné à une seule des nombreuses facettes de la linguistique, j'ai une bonne vue d'ensemble de cette science en général. Cela me permet d'établir des corrélations entre les différents aspects, de dénicher dans une spécialité les données susceptibles de présenter de l'intérêt pour les chercheurs travaillant dans une autre et de les porter à leur connaissance. Sans quoi le spécialiste qui n'a pas le temps de lire les centaines de revues ressortissant à sa qualification stricte risquerait de passer à côté d'une information pouvant lui être utile.

» Dans toutes les sphères, il y a des *tchatouts* qui en font autant. En fait, j'ai beaucoup de chance de m'occuper de cette science. Si j'étais un *tchatout* médical, je serais débordé. Je serais obligé de travailler en équipe et je ne serais même pas un véritable touche-à-tout. Il me faudrait me limiter à un seul secteur de la recherche. Ce qui est publié dans chaque spécialité de la médecine représente une telle masse de documents qu'il est impossible à un homme ou même à une équipe d'appréhender la discipline en question dans sa totalité ni d'établir de correspondances internes. Heureusement, c'est la linguistique qui m'a intéressé. En un sens, je suis un privilégié. J'ai même le temps de me livrer à de petites recherches personnelles, ce qui me permet de contribuer à grossir encore l'avalanche des traités. Toutefois, cela m'oblige à prendre sur mon sommeil, ajouta Yarrow. Il me faut travailler dix heures et plus par jour pour la gloire et le bénéfice du Clergétat.

Ces derniers mots étaient une assurance qu'il prenait pour le cas où le voyageur serait un membre des Uzzites ou un espion de ceux-ci. Comme cela, il n'irait pas raconter que Hal volait le Clergétat. Il était peu vraisemblable que l'homme fût autre chose que ce qu'il semblait être, mais mieux valait ne pas prendre de risques.

Un voyant rouge s'alluma au-dessus de la porte de la cabine et une voix enregistrée ordonna aux passagers d'attacher leur ceinture. Dix secondes plus tard, la malle commença de décélérer. Une minute s'écoula encore, puis le véhicule plongea à la vitesse de mille mètres/ minute — c'était du moins ce que Hal avait entendu dire. Maintenant qu'il était plus près de la surface du sol, Yarrow pouvait voir dans toute son étendue Sigmenville (anciennement Montréal, jusqu'au jour où, dix ans auparavant, la capitale de l'Union Haïjacienne, jusque-là située à Rek, en Islande, y avait été transférée). La cité n'était pas un brasier de lumière homogène. On discernait par endroits des taches noires qui étaient probablement des parcs et une étroite ligne sinueuse et sombre : le fleuve Prophète (anciennement Saint-Laurent). Les *palis* avaient cinq cents mètres de haut; chacun abritait au moins cent mille personnes et la ville proprement dite comptait trois cents édifices de cette taille.

Au centre de la métropole, s'étendait un quadrilatère ne comportant que des arbres et des bâtiments administratifs dont aucun ne dépassait cinquante étages. C'était l'Université de Sigmenville, lieu de travail de Hal Yarrow.

Ce dernier logeait dans un *pali* voisin du campus et, après avoir débarqué, il prit la bande roulante desservant son bloc. Il ressentait avec intensité une chose qu'il n'avait jamais éprouvée — consciemment, du moins — avant cette mission de recherche dans la Réserve de la Baie d'Hudson : le sentiment de la présence de la foule dense, de cette masse humaine à l'odeur âcre qui se bousculait autour de lui, le pressant de toutes parts. Les gens le heurtaient sans voir en lui autre chose qu'un corps parmi les autres, un homme parmi les autres, sans visage. Rien qu'un obstacle fugace sur leur chemin.

— Sigmen Tout-Puissant! murmura-t-il. Je devais être sourd, aveugle et muet! Comment ne m'en rendais-je pas compte? Mais je les déteste!

Instantanément, il rougit de honte. Quel péché! Il scruta la physionomie des passants comme si ces derniers pouvaient lire sur ses traits sa haine, sa culpabilité et son repentir. Mais non... ils en étaient bien incapables. Pour eux, il n'était qu'un homme entre les hommes, un homme que l'on devait traiter avec respect si l'on avait affaire à lui parce qu'il était un professionnel. Mais pas ici, pas sur cette bande de roulement charriant son flot humain. Il n'était, lui aussi, qu'un anonyme agglomérat de chair et de sang, lié par du tissu et recouvert de peau. Un homme parmi les autres. C'est-à-dire rien.

Bouleversé par cette brusque révélation, Hal quitta la bande roulante. Il voulait s'éloigner de tous ces gens car il avait le sentiment qu'il leur devait des excuses. Et, en même temps, il avait envie de les battre.

A quelques pas de lui, en surplomb, se dressait la bouche béante du *pali* n° 30, la Résidence Universitaire. Quand il y eut pénétré, son malaise subsista mais son sentiment de culpabilité disparu.. Les passants n'avaient eu aucune raison de deviner le soudain mouvement de répulsion qui s'était emparé de lui. Ils n'avaient pas remarqué la rougeur révélatrice de ses joues.

D'ailleurs, tout cela était ridicule, songea-t-il. Non, les autres usagers n'avaient rien pu deviner. Sauf s'ils éprouvaient eux aussi le même dégoût, la même sensation de suffocation. Mais, dans ce cas, pourquoi eussent-ils signalé Yarrow à l'attention?

Hal était maintenant au milieu des siens : hommes et femmes arborant l'ample uniforme en plastique des professionnels orné du tartan caractéristique, un pied au talon ailé sur le sein gauche. Rien ne différenciait les sexes sinon que les femmes avaient par-dessus leur pantalon des jupes qui balayaient le sol et que leurs cheveux étaient pris dans un filet. Quelques-unes étaient voilées. Le port du voile était une coutume encore courante quoique en voie de disparition; seules y demeuraient fidèles les plus vieilles et les jeunes femmes les plus conservatrices. Jadis honoré, le voile était maintenant considéré comme un signe de mentalité rétrograde, malgré les lamentations des semeurs de vérité qui en chantaient parfois les louanges et déploraient que les traditions se perdent.

Hal adressa quelques mots aux uns et aux autres, sans s'arrêter pour entamer des conversations. Tout à coup, il aperçut de loin le Dr Olvegssen, son chef de service; il s'immobilisa, pour le cas où celui-ci manifesterait le désir de s'entretenir avec lui. Encore était-ce uniquement parce que Olvegssen était le seul à posséder une autorité suffisante pour lui faire regretter une attitude irrespectueuse.

Mais Olvegssen avait apparemment autre chose en tête car il se contenta d'un geste de la main. « Aloha », dit-il en passant et il poursuivit sa route. C'était un homme d'un certain âge : il employait les expressions et les formules de politesse en honneur au temps de sa jeunesse.

Yarrow exhala un soupir de soulagement. Il avait cru qu'il désirerait évoquer son expérience parmi les francophones de la Réserve mais constatait qu'il n'avait envie d'en parler à personne. Pas maintenant. Demain, peut-être. Mais pas de suite.

Il attendit devant la porte de l'ascenseur pendant que le préposé déterminait l'ordre de priorité des candidats à la montée. Quand la grille s'ouvrit, il rendit sa clé à Hal.

— Vous êtes le premier, *abba,* lui annonça-t-il.

— Béni soit Sigmen, répondit Yarrow.

Il entra dans la cabine et s'adossa à la paroi tandis que s'effectuait l'identification et le tri des autres.

L'attente fut brève car le préposé exerçait ses fonctions depuis plusieurs années et connaissait à peu près tout le monde de vue. Cependant, il lui fallait respecter cette formalité. De temps en temps, l'un des résidents bénéficiait d'une promotion ou, au contraire, était rétrogradé. Si l'opérateur se trompait sur le nouveau statut de l'usager, un rapport le signalait. Le fait qu'il occupait son poste depuis si longtemps était la preuve qu'il connaissait bien son travail.

Quarante personnes s'entassèrent dans la cabine. Le préposé fit sonner ses castagnettes, la porte se referma et l'ascenseur s'élança avec une telle rapidité que tout le monde ploya les genoux. Il continua d'accélérer car c'était un express. Au treizième étage, il s'arrêta automatiquement et les portes s'ouvrirent. Personne ne descendit. Le mécanisme optique en prit note : les portes se refermèrent et la cabine fit un nouveau bond.

Il y eut trois autres haltes, tout aussi inutiles. A la quatrième, la moitié des occupants sortirent. Hal poussa un profond soupir : s'il avait trouvé les rues et le vestibule surpeuplés, c'était vraiment l'étouffement dans l'ascenseur. Encore dix étages. Silencieux, les passagers, hommes et femmes, se concentraient sur la voix du semeur de vérité qui tombait du plafond. Enfin, Hal parvint à son niveau.

Les corridors avaient cinq mètres de large : à cette heure de la journée, il y avait assez de place. C'est avec joie qu'il constata que personne n'était en vue. Refuser de bavarder un instant avec ses voisins aurait paru bizarre. Cela eût risqué de faire naître des commérages, et qui dit commérages dit complications. Au minimum, des explications à fournir à l'*agi* d'étage. Une conversation à cœur ouvert, un sermon et seul le Précurseur savait quoi d'autre!

Après avoir parcouru cent mètres, Hal s'immobilisa devant la porte de son *puka*. Son cœur se mit soudain à battre et un tremblement agita ses mains. L'envie le prit de faire demi-tour, de redescendre.

Puis il se dit que c'était là une attitude irréaliste. Il ne devait pas se conduire de la sorte.

D'ailleurs, Mary ne rentrerait pas avant au moins quinze minutes.

Il poussa la porte (les portes du niveau professionnel n'avaient pas de serrure, évidemment) et entra. Les murs s'éclairèrent et, en dix secondes, atteignirent leur plein éclat. En même temps, la tridi s'anima sur la paroi du fond et la voix claironnante des acteurs emplit la pièce.

— Grand Sigmen! jura Hal à voix basse en sursautant.

Il se hâta d'aller couper l'émission. C'était Mary qui avait laissé le mur branché, prêt à fonctionner dès qu'il rentrerait. Il lui avait répété si souvent que la tridi le surprenait désagréablement qu'elle ne pouvait pas l'avoir oublié. Autrement dit, consciemment ou non, c'était à dessein qu'elle ne la coupait pas.

Il haussa les épaules et prit la décision de ne plus revenir dorénavant sur ce sujet. Si elle pensait que la tridi avait cessé de l'ennuyer, peut-être ne songerait-elle plus à la brancher.

A moins qu'elle ne devinât pourquoi il renonçait soudain à lui reprocher sa prétendue négligence... En ce cas elle persévérerait, espérant le pousser à perdre son sang-froid et à se mettre en colère. Alors elle aurait une fois de plus gagné une manche : elle se refuserait à répondre, son silence et son air de martyre exaspéreraient Hal et son irritation redoublerait. Bien entendu, Mary serait contrainte d'accomplir son devoir, quoiqu'il lui en coûtât. A la fin du mois, elle irait faire son rapport à l'*agi* du bloc; cela se solderait par une nouvelle croix noire sur la Cotation Morale de Yarrow, qui en comportait déjà tant, et il lui faudrait des efforts acharnés pour l'annuler. Efforts qui, s'il s'astreignait à les faire, signifieraient une perte de temps supplémentaire dont pâtirait un travail plus... (osait-il le qualifier ainsi, même dans son for intérieur?)... plus utile.

Et s'il reprochait à Mary de l'empêcher de progresser dans le cadre professionnel, de gagner davantage, de conquérir un *puka* plus spacieux, elle lui demanderait tristement, le blâme dans la voix, s'il voulait vraiment lui voir commettre une action irréelle. Exigeait-il d'elle qu'elle dissimule la vérité, qu'elle mente par omission ou en acte? Non, il ne lui demandait sûrement pas une chose pareille car un grave danger mettrait alors en péril leur moi à tous deux. Jamais ils ne verraient la face glorieuse du Précurseur, jamais... etc., etc. Que répondre à cela?

Pourtant elle lui demandait tout le temps pourquoi il ne l'aimait pas. Quand il lui affirmait le contraire, elle s'entêtait à le nier. Hal lui demandait alors si elle croyait qu'il mentait : si elle le traitait de menteur, il le signalerait à l'*agi* de bloc. Avec un bel illogisme, elle éclatait en sanglots, s'écriant qu'elle était certaine qu'il ne l'aimait pas : car s'il l'aimait vraiment, l'idée même de faire un rapport à l'*agi* ne l'effleurerait pas. Répliquait-il qu'elle jugeait *shib*, pour sa part, de faire un rapport sur lui, les larmes de Mary coulaient de plus belle.

Hal Yarrow traversa le vivoir (cinq mètres sur trois) et entra dans la seule autre pièce (mis à part l'innommable) de l'appartement : la cuisine (trois mètres sur deux mètres cinquante). Il fit descendre le four suspendu au plafond, composa le numéro de code approprié sur le cadran de l'instrument et réintégra le vivoir. Là, il ôta sa veste, la roula en boule et la fourra sous un siège. Il savait que Mary pourrait la trouver et ronchonnerait mais cela lui était égal. Pour le moment, il était trop fatigué pour lever le bras au plafond afin de prendre une patère.

Un léger claquement retentit dans la cuisine. Le souper était prêt.

Hal décida de dîner avant de s'occuper du courrier. Il passa dans l'innommable pour se rincer le visage et les mains. Automatiquement, il murmura la prière de l'ablution :

— Puissé-je me purger de l'irréalité aussi aisément que l'eau me lave de la poussière. Ainsi le veut Sigmen.

Quand il se fut rafraîchi, il appuya sur le bouton placé à côté du portrait de Sigmen fixé au-dessus du lavabo. L'espace d'une seconde, le Précurseur le regarda fixement — visage allongé surmonté de cheveux d'un roux éclatant, grandes oreilles décollées, sourcils blond pâle, très fournis, qui se rejoignaient à la racine du nez aquilin aux narines béantes, yeux bleu clair, longue barbe orangée, lèvres en lame de couteau... Puis le visage du Précurseur s'estompa, disparut, et il n'y eut plus qu'un miroir à sa place.

Hal avait le droit de s'y regarder juste le temps nécessaire pour s'assurer qu'il avait la figure propre et pour se coiffer. Rien ne l'empêchait de rester devant la glace plus longtemps qu'il n'y était autorisé mais il n'avait jamais transgressé ce commandement. Quels que fussent ses défauts, la vanité n'en faisait pas partie. C'était du moins ce qu'il s'était toujours dit.

Cependant, il s'attarda peut-être un peu plus que de coutume devant le miroir qui lui renvoyait l'image d'un homme de haute taille, large d'épaules, âgé de trente ans. Ses cheveux étaient roux comme ceux du Précurseur mais d'une nuance plus sombre, presque bronze. Il avait le front dégagé et large, les sourcils châtain foncé, des yeux gris très espacés, le nez droit. Ses lèvres étaient charnues (celle du haut un rien trop étirée) et son menton avait quelque chose d'un peu trop accentué.

Hal appuya à nouveau sur le bouton. La surface du miroir se ternit, puis le portrait de Sigmen se rematérialisa. Pendant une fraction de seconde, Hal vit ses traits superposés à ceux du Précurseur avant que la face de ce dernier eût absorbé son propre reflet.

Hal quitta l'innommable et se rendit à la cuisine dont il s'assura que la porte était fermée (seules celles de la cuisine et de l'innommable pouvaient être verrouillées), car il ne voulait pas que Mary le surprenne en train de manger. Il ouvrit le four qu'il fit remonter au plafond après en avoir extrait la boîte chaude qu'il posa sur la tablette (celle-ci se rabattait contre le mur). Son repas terminé, il jeta le récipient de matière plastique dans le vide-ordures incorporé et alla se laver les mains dans l'innommable.

C'est alors qu'il entendit Mary l'appeler.

2

Sans savoir pourquoi, sans même l'avoir voulu, Hal hésita quelques instants avant de répondre.

— Je suis ici, Mary, dit-il enfin.

— Oh! bien sûr, je savais que tu y serais si tu étais rentré. Où pourrais-tu être, sinon là?

Sans sourire, il la rejoignit dans le vivoir.

— Même après une absence aussi longue, il faut que tu persifles?

Mary était de grande taille; elle n'avait qu'une demi-tête de moins que son mari. Ses cheveux blond pâle, tirés en arrière, formaient un épais rouleau sur la nuque. Elle avait les yeux bleus. Ses traits réguliers et fins étaient gâtés par l'extrême minceur de ses lèvres. Son chemisier bouffant, montant jusqu'au cou, et la jupe flottante qui lui tombait aux pieds interdisaient à quiconque de se faire une idée de sa silhouette. Hal lui-même ne connaissait pas l'anatomie de son épouse.

— Je ne persiflais pas, répondit Mary. C'était simplement du réalisme. Quand je rentre, c'est toujours là que tu es, ajouta-t-elle en désignant la porte de l'innommable. C'est apparemment l'endroit où tu passes ton temps quand tu n'es pas plongé dans tes études. Ce serait presque à croire que tu me fuis.

— Charmant accueil!

— Tu ne m'as pas embrassée.

— C'est vrai. J'oubliais mon devoir.

— Ce ne devrait pas être un devoir mais une joie.

— Il est difficile d'éprouver de la joie à embrasser des lèvres qui montrent les dents.

A la surprise de Hal, Mary se mit à pleurer au lieu de lui répondre avec aigreur. Aussitôt, il fut pris de remords.

— Pardonne-moi, fit-il. Mais reconnais que tu n'étais pas de très bonne humeur en rentrant.

Il s'approcha d'elle et voulut la prendre dans ses bras mais elle s'écarta de lui. Il l'embrassa quand même au coin de la bouche tandis qu'elle détournait la tête.

— Je ne veux pas que tu fasses cela par pitié ou par devoir. Je veux que tu le fasses parce que tu m'aimes.

— Mais je t'aime!

Il avait l'impression que c'était la millième fois qu'il répétait cette phrase depuis leur mariage. Lui-même ne trouvait pas son accent convaincant. Pourtant... pourtant, il l'aimait. Il le fallait bien.

— Belle façon de le prouver! s'exclama-t-elle.

— Oublions tout et recommençons. Viens.

Il l'embrassa à nouveau, mais elle recula.

— Qu'est-ce qui te prend? fit-il.
— Tu m'as donné le baiser du retour. Ne sois pas sensuel. Ce n'est ni le moment ni le lieu.
Il leva les bras au ciel.
— Qui parle de sensualité? Je voulais faire comme si tu venais de passer le seuil de la porte. Un baiser de plus qu'il n'est prescrit, est-ce pire qu'une querelle? L'ennui avec toi, Mary, c'est que ton esprit fonctionne à sens unique. Le Précurseur lui-même n'exige pas que ses préceptes soient pris au pied de la lettre. Il a dit que, parfois, les circonstances justifient qu'ils soient adaptés.
— Oui. Mais il a dit aussi qu'il nous faut veiller à ne pas dévier de sa loi à coups d'arguties. Il convient avant tout de discuter avec un *agi* de la réalité de notre conduite.
— Entendu! Je vais téléphoner à notre bon ange gardien intérimaire et lui demander s'il est d'accord pour que je t'embrasse une seconde fois!
— C'est la seule chose raisonnable à faire.
— Sigmen Tout-Puissant! hurla Yarrow. Je ne sais pas s'il faut en rire ou en pleurer! Tout ce que je sais, c'est que je ne te comprends pas et que je ne te comprendrai jamais!
— Prie Sigmen. Demande-lui de te donner ta réalité. Alors nous n'aurons plus de difficultés.
— Prie toi-même! Il faut être deux pour se disputer. Tu es aussi responsable que moi.
— Nous reprendrons cette conversation quand tu seras calmé. Il faut que je me lave et que je mange.
— Ne t'occupe pas de moi. J'ai du travail. Cela me prendra jusqu'à l'heure du coucher. Je

dois me mettre à jour envers le Clergétat avant de me présenter à Olvegssen.

— Je parierais que tu en es heureux. Moi qui attendais avec tant d'impatience le moment où nous aurions une agréable conversation! Après tout, tu ne m'as pas dit un mot de ton voyage dans la Réserve. (Comme Hal ne répliquait pas, elle ajouta :) Ce n'est pas la peine de me faire la tête.

Il décrocha le portrait de Sigmen pendu au mur, le plia et le posa sur une chaise. Puis il entreprit d'extraire son projecteur-agrandisseur de l'alvéole, y introduisit la lettre arrivée au courrier et ajusta les contrôles. Quand il eut placé sur ses yeux les lunettes exploratrices et inséré l'écouteur dans son oreille, il s'assit, le sourire aux lèvres. Un sourire dont Mary se demandait probablement la cause. Mais elle ne l'interrogea pas. L'eût-elle fait qu'elle n'eût pas obtenu de réponse. Hal ne pouvait pas lui avouer qu'il éprouvait un certain amusement à l'idée de s'asseoir sur le portrait du Précurseur. Elle eût été scandalisée — ou eût fait mine de l'être. En tout cas, elle n'avait aucun sens de l'humour et il était bien décidé à ne rien lui confier qui risquât de porter préjudice à sa Cote Morale.

Il appuya sur le bouton de mise en marche et se carra contre le dossier de son siège. L'image se forma immédiatement sur le mur opposé en même temps que lui parvenait la voix enregistrée accompagnant le film. Faute de lunettes, Mary ne pouvait rien voir d'autre qu'un mur blanc.

Tout d'abord, comme c'était invariablement le cas pour les plis officiels, le visage du Précurseur se forma sur la surface écran et la voix du commentateur psalmodia :

— Loué soit Isaac Sigmen en qui réside toute réalité et de qui découle toute vérité! Qu'il daigne nous bénir, nous qui croyons en lui, et confondre ses ennemis, les disciples du Régresseur *antishib*.

La voix se tut, l'image murale s'effaça pour laisser au destinataire le temps de prononcer une prière, puis un mot, un seul, fulgura sur le mur : WOGGLE. La voix reprit :

— Pieux fidèle Hal Yarrow, ce mot est le premier d'une liste de vocables récemment apparus dans le vocabulaire de la population américanophone de l'Union. Il est né dans le département polynésien et a rayonné dans les départements d'Amérique du Nord, d'Australie, du Japon et de Chine où il a été adopté par les peuples de langue américaine. Chose étrange, il n'a pas encore été signalé dans le département de l'Amérique du Sud qui, vous le savez sans doute, est limitrophe de l'Amérique du Nord.

Hal sourit. Autrefois, pourtant, les propos de ce genre l'exaspéraient. Ses correspondants se rendraient-ils compte un jour qu'il n'avait pas seulement un niveau d'instruction supérieur au leur mais également une plus large culture? Les semi-analphabètes des classes subalternes eux-mêmes devaient savoir où était située l'Amérique du Sud, pour la bonne raison que le Précurseur avait mentionné ce continent à de nombreuses reprises dans ses deux livres, *Le Talmud d'Occident* et *Le monde et le temps réels*. Il était cependant exact que les maîtres d'école des nonpros, même s'ils savaient où se trouvait l'Amérique du Sud, n'avaient jamais l'idée d'indiquer sa localisation à leurs élèves.

— *Woggle*, continua la voix, a été signalé pour la première fois à Tahiti, île du département de Polynésie dont elle occupe le centre, habitée par les descendants des Australiens qui la colonisèrent après la Guerre Apocalyptique. Tahiti est actuellement une base d'astronefs militaires. C'est, semble-t-il, à partir de ce point que s'est répandu le mot *woggle*, dont l'emploi est limité aux non-professionnels, à l'exception du personnel spatio-navigant. On considère qu'il existe un rapport entre l'apparition de ce terme et le fait que les coureurs d'espace ont été les premiers, à notre connaissance, à l'utiliser. Les semeurs de vérité ont demandé à être autorisés à s'en servir dans leurs émissions mais la permission leur en a été refusée jusqu'à nouvel ordre.

» Ce mot, pour autant qu'on a pu le déterminer à ce jour, a valeur de substantif, d'adjectif et de verbe. Il a fondamentalement un sens péjoratif qui se rapproche de celui de deux expressions acceptables sur le plan de la linguistique : *souillure* et *maléfice*. Néanmoins, il n'a pas équivalence exacte. En outre, il possède une nuance d'étrangeté, d'insolite — bref, d'irréalité.

» Ordre vous est donné par les présentes d'enquêter sur le mot *woggle* conformément au Plan n° RECHLING-476, à moins que vous ne soyez affecté à une mission de priorité supérieure. En toute hypothèse, vous voudrez bien accuser réception avant le 12 Fertilité 550 ap. S. au plus tard.

Hal acheva sa lecture. Heureusement, les trois autres mots qu'on le chargeait d'étudier avaient un indice de priorité inférieur. Il n'aurait pas à s'attaquer à l'impossible : enquêter sur les quatre en même temps.

Mais il lui faudrait partir le lendemain matin après s'être présenté à Olvegssen, ce qui signifiait qu'il ne pourrait pas déballer ses affaires, qu'il serait obligé de porter des jours encore les vêtements qu'il avait sur le dos et qu'il n'aurait peut-être même pas le temps de les faire nettoyer.

Il ne lui déplaisait pourtant pas de repartir. Simplement, il était fatigué et aurait souhaité se reposer un peu.

Mais quel repos! songea-t-il après avoir enlevé ses lunettes, en regardant Mary.

Elle venait de se lever après avoir coupé la tridi. A présent, elle se penchait pour ouvrir un tiroir encastré dans le mur. Elle se préparait à sortir leurs effets pour la nuit. A cette vue, une fois de plus, Hal sentit son estomac se nouer.

Se retournant, elle remarqua son expression et lui demanda :

— Qu'est-ce que tu as?

— Rien.

Elle traversa la pièce dans toute sa longueur (juste quelques pas, et Hal se remémora l'espace dont il disposait dans la Réserve). Puis elle lui tendit un tas d'étoffe chiffonnée roulé en boule.

— Je ne pense pas qu'Olaf les ait fait nettoyer, dit-elle. Mais ce n'est pas sa faute. Le déioniseur est en panne. Il m'a laissé un mot pour m'avertir qu'il avait prévenu un technicien. Mais tu sais le temps qu'il leur faut pour réparer quelque chose.

— Je l'arrangerai moi-même quand j'aurai un

peu de loisir. (Hal renifla les vêtements de nuit.) Grand Sigmen! Depuis quand le nettoyeur est-il en panne?

— Depuis ton départ.

— Ce qu'il peut transpirer, ce type! Il doit être dans un état de terreur perpétuel. Pas étonnant! Moi aussi, il me fait peur, le vieil Olvegssen!

Mary était devenue toute rouge :

— Dire que j'ai fait tant de prières pour que tu cesses de blasphémer! Quand renonceras-tu à cette habitude irréaliste? Ne sais-tu pas que...

Il l'interrompit brutalement :

— Si... je sais que toutes les fois que j'invoque en vain le nom du Précurseur, je retarde d'autant la stase du temps. Et alors?

La rudesse de son ton et le rictus qui lui retroussait la lèvre firent reculer Mary.

— Et alors? répéta-t-elle avec incrédulité. Hal, ce n'est pas ce que tu voulais dire?

La respiration de Yarrow s'accéléra.

— Non... bien sûr que non! Comment peux-tu le penser? Simplement, cela me met en rage de t'entendre me rappeler sempiternellement mes fautes.

— C'est le Précurseur lui-même qui a dit que nous devons toujours rappeler à nos frères leurs irréalités.

— Je ne suis pas ton frère mais ton mari. Bien qu'il m'arrive souvent de le regretter — comme aujourd'hui!

La mine guindée et réprobatrice de Mary disparut. Ses yeux s'emplirent de larmes tandis que ses lèvres et son menton se mettaient à trembler.

— Pour l'amour de Sigmen, ne pleure pas...

— Comment pourrais-je m'en empêcher quand mon propre époux, ma propre chair et mon propre sang, à qui je suis unie par le Réel Clergétat, m'abreuve d'outrages que je n'ai rien fait pour mériter?

— Sinon en me dénonçant à l'*agi* à la moindre occasion!

Il tourna le dos à Mary et fit basculer le lit rangé dans le mur.

— Et j'imagine que les draps, eux aussi, sentent l'odeur puante d'Olaf et du sac de graisse qui lui sert de femme, grommela-t-il.

Il flaira un drap, poussa une exclamation de dégoût et arracha la literie qu'il jeta par terre. Les vêtements de nuit vinrent rejoindre les draps.

— Bon, eh bien, je coucherai tout habillé! Et tu prétends être une épouse? Pourquoi n'as-tu pas porté le linge à laver chez les voisins?

— Tu le sais très bien. Nous n'avons pas assez d'argent pour utiliser leur nettoyeur. Mais si tu avais une meilleure C.M., nous pourrions nous le permettre.

— Comment veux-tu que je l'améliore si tu jases avec l'*agi* chaque fois que je fais le moindre faux pas?

— Comme si c'était ma faute! s'écria Mary, outrée. Je serais une belle sigménite si je mentais au bon *abba* en lui disant que tu mérites une meilleure Cotation! Après cela, je ne pourrais plus vivre sachant que je suis coupable d'une irréalité aussi énorme et que le Précurseur m'a vue. Quand je suis auprès de l'*agi*, je sens le regard invisible d'Isaac Sigmen fixé sur moi, brûlant, lisant chacune de mes pensées. Ce n'est pas possible! Tu devrais avoir honte de souhaiter que je fasse une chose pareille!

— Va en Enfer!

Et Hal alla s'enfermer dans l'innommable.

Il se dévêtit, passa sous la douche les trente secondes qui lui étaient allouées, puis se sécha devant la soufflerie. Après quoi, il se brossa vigoureusement les dents comme pour débarrasser sa bouche des mots terribles qu'il avait prononcés. Il commençait à avoir honte de les avoir proférés. Comme d'habitude... En même temps, il avait peur : peur de ce que Mary irait raconter à l'*agi*, peur de ce qu'il lui dirait lui-même, peur de ce qui se passerait ensuite. Peut-être sa Cote Morale serait-elle tellement dévalorisée qu'il lui faudrait payer une amende. Alors son budget, tendu à craquer, volerait en éclats et il s'endetterait plus que jamais. Sans compter que, lors de la prochaine promotion, il n'aurait droit à aucun avancement.

Remuant ces sombres pensées dans sa tête, il se rhabilla et quitta le minuscule réduit. Mary le frôla en s'y rendant à son tour. Elle parut étonnée de le voir vêtu de pied en cap et s'arrêta net.

— Hal, tu as jeté les effets de nuit par terre. Ce n'est pas sérieux, n'est-ce pas?

— Si. Je ne dormirai pas dans des vêtements imprégnés de la sueur d'Olaf.

— Je t'en prie! Je voudrais que tu n'emploies pas ce mot. Tu sais que je suis incapable de supporter la vulgarité.

— Je te demande pardon. Préférerais-tu que je le dise en islandais ou en hébreu? Mais, dans ces deux langues, le mot usité désigne la même ignoble sécrétion humaine : la sueur!

Mary se boucha les oreilles et s'engouffra dans l'innommable dont elle claqua la porte derrière elle.

Hal se jeta sur le mince matelas et cacha ses yeux derrière son bras pour les protéger de la lumière. Cinq minutes s'écoulèrent. Puis il entendit la porte s'ouvrir (elle commençait à avoir besoin d'huile mais il faudrait attendre que les budgets réunis des Yarrow et des Marconi leur permissent l'achat du lubrifiant).

Si sa C.M. s'effondrait, les Marconi pourraient demander à déménager. Et s'ils trouvaient un autre logement, un couple encore plus répugnant peut-être leur succéderait — des gens d'une classe inférieure qui auraient tout juste accédé à une promotion, probablement.

Oh! Sigmen, pourquoi est-ce que je ne me satisfais pas des choses telles qu'elles sont? songea-t-il. Pourquoi est-ce que je ne peux pas accepter pleinement la réalité? Pourquoi le Régresseur m'habite-t-il à ce point-là? Pourquoi? Dites-moi pourquoi...

Ce fut la voix de Mary qui lui répondit.

— Hal, dit-elle en s'étendant à côté de lui, Hal, vas-tu vraiment t'entêter à être *antishib*?

— Qu'est-ce que j'ai fait d'*antishib*? rétorqua-t-il, bien qu'il sût fort bien ce qu'elle voulait dire.

— Il est *antishib* de dormir dans ses vêtements de jour.

— Pourquoi?

— Tu le sais parfaitement, Hal!

— Pas du tout.

Il ôta son bras de ses yeux. Les ténèbres étaient totales. Mary avait éteint avant de se mettre au lit, ainsi qu'il était prescrit.

Dévêtu, son corps aurait lui d'un éclat blanc à la lumière de la lampe ou de la lune. Ce corps qu'il n'avait jamais vu, même seulement à moitié déshabillé... Il n'avait jamais vu de corps de femme sauf sur cette photo que lui avait montré un homme, à Berlin. Après un regard avide et terrorisé, il s'était enfui à toutes jambes. Les Uzzites avaient-ils mis la main sur cet individu, lui avaient-ils fait subir le sort promis à ceux qui pervertissent aussi hideusement la réalité?

Hideusement... Pourtant, cette image, Hal la revoyait aussi nettement qu'il l'avait vue en plein jour à Berlin. Et il revoyait l'homme qui avait essayé de la lui vendre, un grand garçon blond à l'air sympathique, les épaules larges, qui parlait le berlino-islandais.

Une chair à l'éclat blanc...

Mary gardait le silence mais il entendait son souffle. Enfin, elle parla à nouveau :

— Tu n'en as pas assez fait depuis que tu es rentré à la maison, Hal? Tu veux vraiment m'obliger à en dire encore davantage à l'*agi*?

— Qu'ai-je encore fait, exactement? demanda-t-il avec violence.

Il voulait la pousser dans ses retranchements. Le plus loin possible.

— Justement, murmura-t-elle. Tu n'as rien fait.

— Qu'est-ce que tu veux dire?

— Tu le sais bien. (Le ton était accusateur.)

— Pas du tout.

— La nuit qui a précédé ton départ pour la Réserve, tu as prétendu être trop fatigué. Ce n'était pas une excuse réelle mais je n'en ai pas parlé à l'*agi* parce que tu avais déjà rempli tes devoirs hebdomadaires. Mais tu es resté deux semaines absent et aujourd'hui...

— Mes devoirs hebdomadaires! s'exclama-t-il en se dressant sur le coude. Mes devoirs hebdomadaires! C'est sous cet angle que tu vois la chose?

— Mais comment la verrais-je autrement, Hal? fit-elle sur un ton surpris.

Il poussa un grognement, s'allongea à nouveau et, les yeux grands ouverts, scruta l'obscurité.

— A quoi bon? Pourquoi serions-nous forcés de faire ça? Il y a neuf ans que nous sommes mariés. Nous n'avons pas d'enfants et nous n'en aurons jamais. J'ai même demandé une autorisation de divorce. Pourquoi devrions-nous continuer à agir comme un couple de robots à la tridi?

Mary suffoqua. Il imaginait l'expression horrifiée sur ses traits.

Au bout de quelques secondes d'un silence scandalisé, elle répondit :

— Il le faut parce qu'il le faut. Que faire d'autre? Tu ne suggères quand même pas de...

— Non, non! s'empressa-t-il de dire, songeant à ce qu'il adviendrait si elle parlait de cela à l'*agi*.

Celui-ci pouvait laisser passer un certain nombre de choses mais, à la moindre allusion de Mary suggérant qu'il refusait d'obéir au commandement spécifique du Précurseur... Hal n'osait penser à ce qui se passerait alors. Actuellement, il bénéficiait au moins du prestige qui entoure un professeur d'Université, le privilégié qui habite un *puka* où il y a un peu de place et qui a une chance de s'élever. Mais ce serait fini si...

— Bien sûr que non. Je sais que nous devons

essayer de faire des enfants, même si nous paraissons condamnés à ne pas en avoir.

— Les médecins affirment que, physiquement, rien ne nous en empêche, ni toi ni moi, répéta Mary pour la millième fois en cinq ans. Aussi l'un de nous a-t-il sûrement des pensées qui vont à l'encontre de la réalité et refuse-t-il le vrai futur à son corps. Et je sais que ce ne peut pas être moi. C'est impossible!

— *Le moi ténébreux se cache à l'excès du moi lumineux,* récita Hal, citant le *Talmud d'Occident. Le Régresseur est en nous qui nous fait trébucher et nous ne le savons pas.*

Rien n'excitait autant la rage de Mary, qui ne cessait elle-même de débiter des citations, que d'entendre Hal en faire autant. Mais au lieu de se lancer dans la tirade attendue, elle s'écria :

— Hal, j'ai peur! Est-ce que tu te rends compte qu'il ne nous reste plus qu'un an? Qu'il va nous falloir comparaître devant les Uzzites pour subir un nouveau test? Et si nous ne le passons pas, s'ils découvrent que l'un d'entre nous refuse le futur à nos enfants... ils nous ont clairement expliqué ce qui arriverait!

Pour la première fois depuis son arrivée, Hal se sentit en sympathie avec sa femme. Il était habité par la même frayeur qu'elle.

Mais il ne pouvait le lui avouer car elle craquerait complètement, comme elle l'avait déjà fait plusieurs fois par le passé. Et toute la nuit se passerait à la réconforter.

— Je ne crois pas qu'il y ait lieu de trop se tracasser, dit-il. Nous sommes des professionnels hautement respectés et l'on a grand besoin de nous. Ils ne gâcheront pas le capital de connaissances et de talents que nous représentons en nous expédiant en Enfer. Si tu n'es pas enceinte, je pense qu'ils nous accorderont un délai supplémentaire. Après tout, il y a des précédents. Le Précurseur en personne a affirmé que chaque cas devait être considéré dans son contexte et non tranché en fonction d'une règle absolue... Et puis nous...

Elle l'interrompit pour demander d'une voix stridente :

— Combien de fois un cas a-t-il été jugé dans son contexte? Hein? Combien de fois? Tu sais aussi bien que moi que c'est toujours la règle absolue qui s'applique!

— Je ne suis pas de ton avis, répliqua Hal avec douceur. Que tu es naïve! Si tu te réfères à ce que prétendent les semeurs de vérité, tu as évidemment raison. Mais j'ai eu des échos sur ce qui se passe au sein de la hiérarchie. Et je peux te dire que différentes choses — par exemple les liens de parenté, l'amitié, le prestige, la richesse ou l'utilité que présente un individu pour le Clergétat — sont susceptibles d'entraîner un assouplissement des règles.

Mary se dressa sur son séant et s'exclama, scandalisée :

— Cherches-tu à insinuer que l'on peut corrompre les Uriélites?

— Je ne dirais jamais une chose pareille et je te jure sur la main perdue de Sigmen que mon intention n'était pas d'évoquer, même à mots couverts, une aussi révoltante irréalité. Non... je voulais simplement dire que, parfois, l'utilité du citoyen peut inciter le Clergétat à l'indulgence, voire le pousser à accorder aux gens une nouvelle chance.

— Tu connais quelqu'un qui nous aiderait?

Hal sourit dans l'obscurité. Mary était peut-être scandalisée par son franc-parler, mais elle avait le sens pratique et n'hésiterait pas à user de tous les moyens capables de les tirer d'ennui. Il ne répondit pas tout de suite. Mary haletait comme un animal aux abois. Enfin il réprit :

— En fait, je ne connais personne d'influent en dehors d'Olvegssen. Et, bien qu'il apprécie mon travail, il a émis certaines remarques à propos de ma Cote Morale.

— Tu vois! Toujours cette C.M.! Si seulement tu faisais un effort...

— Si seulement tu ne mettais pas tant de zèle à me dénigrer! rétorqua-t-il avec amertume.

— Est-ce ma faute si tu te laisses si facilement aller à l'irréalité? Cela ne me fait pas plaisir mais c'est mon devoir. En me le reprochant, tu commets une faute de plus. Encore une mauvaise note...

— Que tu seras forcée de rapporter à l'*agi*. Oui, je sais. Ne recommençons pas cette discussion pour la dix-millième fois!

— C'est toi qui as abordé le sujet, fit-elle vertueusement.

— Il semble que ce soit notre seul sujet de conversation.

Elle en eut le souffle coupé.

— Il n'en a pas toujours été ainsi!

— En effet : pas durant la première année de notre mariage. Mais depuis...

— A qui la faute? s'écria-t-elle.

— Voilà une bonne question! Mais mieux vaut

ne pas l'approfondir. Ce pourrait être dangereux.

— Qu'entends-tu par là?

— Je ne tiens pas à en parler.

Hal était le premier surpris de ce qu'il avait proféré. Que voulait-il dire? Il l'ignorait. Ce n'était pas son intelligence mais son être le plus profond qui avait parlé. Etait-ce le Régresseur qui lui avait fait prononcer ces mots?

— Dormons, Mary. *Demain change le visage de la réalité.*

— Pas avant de...

— Pas avant quoi? demanda-t-il avec lassitude.

— Ne joue pas les *shibs* avec moi. C'est par ça que tout a commencé. Tu essayes de... d'éluder ton... devoir.

— Mon devoir! La chose *shib* à faire! Bien sûr!

— Ne parle pas comme ça. Je ne veux pas que tu le fasses uniquement parce que c'est ton devoir mais parce que tu m'aimes comme il t'a été ordonné de m'aimer. Et aussi parce que tu veux m'aimer.

— Il m'a été ordonné d'aimer toute l'humanité. Mais je note qu'il m'est expressément interdit d'accomplir ce devoir avec une personne autre que l'épouse à laquelle je suis réalistement lié.

Mary fut si choquée qu'elle ne trouva rien à répondre et tourna le dos à Hal. Celui-ci la prit dans ses bras, sachant qu'il agissait autant pour se mortifier que pour la mortifier elle-même. Il prononça la formule introductive et, dès lors, tout fut ritualisé. Cette fois, et c'était un peu inhabituel, il procéda pas à pas, s'attachant à dire les mots et à faire les gestes prescrits par le Précurseur. A un détail près, cependant : il ne quitta pas ses vêtements de jour. Cette infraction aux rites était pardonnable, estimait-il, car c'était l'esprit qui comptait et non la lettre. D'ailleurs, qu'il portât son épais costume de jour ou ses encombrants vêtements de nuit, où était la différence? Si Mary se rappelait ce détail, elle n'en souffla mot.

3

Allongé dans l'obscurité, les yeux grands ouverts, Hal réfléchissait comme il le faisait bien souvent, après. Pourquoi avait-il l'impression qu'une épaisse barre d'acier lui étreignait le ventre comme pour séparer son torse de son abdomen? Au début de l'acte, il était excité. Son cœur battait plus vite et sa respiration était rauque. Pourtant, il n'éprouvait rien. Et quand arrivait le moment culminant — ce que le Précurseur appelait l'instant de la génération de la potentialité, de l'accomplissement et de l'actualisation de la réalité — c'était une simple réaction mécanique qui avait lieu. Son corps remplissait la fonction prescrite mais Hal ne ressentait rien de l'extase décrite par le Précurseur en termes si brûlants. Une zone d'engourdissement, glacée, insensible, une plaque d'acier le sciait en deux. Son corps tressautait comme si une aiguille électrique stimulait ses nerfs en même temps qu'elle les engourdissait.

C'est anormal, se disait-il. Mais si le Précurseur s'était trompé? Après tout, c'était un homme transcendant l'humanité. Peut-être avait-il reçu un don qui lui avait permis de faire l'expérience de telles délices, sans se rendre compte que le reste des humains ne partageait pas sa bonne fortune.

Mais non! Ce n'était pas possible, s'il était vrai — et périsse l'idée même que ce ne le fût pas! — qu'il lisait dans les pensées des hommes.

Alors, c'était que tous les disciples du Réel Clergétat participaient du même don à la seule exception de Hal Yarrow.

Mais Hal était-il un cas unique? Il n'avait jamais discuté de ses sentiments intimes avec quiconque. La chose n'était pas à proprement parler inconcevable mais elle ne se faisait pas. C'eût été impudique et irréaliste. Ses maîtres ne lui avaient jamais appris à ne pas parler de ce genre de sujet avec des tiers. Ils n'en avaient pas eu besoin, car il le savait sans avoir besoin d'explications.

Et pourtant le Précurseur, lui, avait bien décrit les réactions qu'il aurait dû éprouver.

Mais l'avait-il fait d'une manière directe? Quand Hal examinait le chapitre du *Talmud d'Occident* que seuls avaient le droit de lire les fiancés et les couples mariés, force lui était de constater que le Précurseur n'avait pas véritablement décrit un état physique. Son langage était poétique (Hal connaissait le sens de ce mot car, en tant que linguiste, il avait accès à des ouvrages littéraires interdits aux profanes), métaphorique, métaphysique même; il était formé de termes qui, si on les analysait, n'avaient guère de rapport avec la réalité.

Pardonnez-moi, Précurseur, s'exclama Hal dans son for intérieur. Je voulais dire que les mots que vous avez employés ne représentaient pas la description scientifique des processus électrochimiques dont le système nerveux de l'homme est effectivement le siège. Bien entendu, ils s'appliquent directement à un plan supérieur car les phénomènes de la réalité interviennent à de multiples niveaux.

Subréalistes, réalistes, pseudoréalistes, surréalistes, superréalistes, rétroréalistes...

Mais ce n'est pas le moment de faire de la théologie, songea-t-il. Je ne tiens pas à recommencer cette nuit encore à tourner dans ma tête des questions insolubles. Le Précurseur savait : moi, je ne peux pas savoir.

Il savait une seule chose : il était déphasé par rapport à la ligne de l'univers. Il l'avait toujours été, il le serait peut-être toujours. A l'état de veille, il chancelait à chaque instant au bord de l'irréalité. Et ce n'était pas bon... Le Régresseur s'emparerait de lui, il tomberait entre les mains perverses du frère du Précurseur...

Le clairon matinal réveilla Hal Yarrow en sursaut. Un instant, les deux univers, celui du rêve et celui du concert, se chevauchèrent dans sa tête. Enfin il se leva. Comme à l'accoutumée, Mary continuait de dormir car ce n'était pas pour elle que le clairon avait si bruyamment sonné. Dans un quart d'heure, la tridi lancerait l'appel des femmes. Il faudrait que Hal soit alors lavé, rasé, habillé et déjà en route. Mary disposerait à son tour de quinze minutes pour se préparer et pour partir. Dix minutes après son départ, les Marconi, qui travaillaient de nuit, rentreraient, se coucheraient et vivraient dans l'appartement exigu jusqu'au retour des Yarrow.

Hal fut prêt plus tôt que d'habitude puisqu'il n'avait pas ôté ses vêtements de jour. Il se lava le visage et les mains, passa de la crème épilatoire sur ses joues hérissées de poils (si jamais il s'élevait dans les rangs de la hiérarchie, il se laisserait pousser la barbe, comme Sigmen), se coiffa et sortit de l'innommable.

Il mit dans son sac de voyage les lettres reçues au courrier de la veille et se dirigea vers la porte. Mais, mu par une impulsion inattendue, il revint sur ses pas, s'arrêta devant le lit et se pencha pour embrasser Mary. Celle-ci ne se réveilla pas. L'espace d'une seconde, il en éprouva du regret car elle ne saurait pas qu'il l'avait embrassée. Ce baiser ne lui était pas imposé par son devoir, il n'était pas prescrit. C'était un geste venu des sombres profondeurs, où il devait y avoir aussi de la lumière. Pourquoi avait-il embrassé sa femme? Cette nuit, il avait cru la détester. Et maintenant...

Pas plus que lui-même, elle ne pouvait agir autrement qu'elle agissait. Bien sûr, ce n'était pas une excuse. Chaque être déterminait son propre destin : quoi qu'il arrivât, en bien comme en mal, on en était personnellement responsable.

Hal corrigea sa pensée : Mary et lui étaient la source de leurs misères, mais de façon inconsciente. Leur moi lumineux ne voulait pas que leur amour fît naufrage; c'était leur moi ténébreux, l'ignoble Régresseur tapi tout au fond d'eux-mêmes, qui était la cause de la faillite.

Hal s'éloigna. En atteignant la porte, il vit Mary ouvrir les yeux et le regarder, l'air interdit. Au lieu de lui donner un second baiser, il sortit en hâte, pris de panique à l'idée d'affronter encore la même scène atroce et épuisante. Plus tard seulement il se rappela n'avoir pas eu l'occasion de lui annoncer qu'il partait le jour même pour Tahiti. Bah! cela lui épargnerait une dispute de plus!

Une foule d'hommes remplissait le hall. Comme Yarrow, ils portaient tous le tartan des professionnels, souvent orné du motif vert et écarlate des professeurs de l'Université.

Naturellement, Hal adressa la parole à chacun.

— Bon futur à vous, Ericssen!

— Que Sigmen vous sourie, Yarrow!

— Avez-vous fait un rêve de lumière, Chang?

— *Shib*, Yarrow! Vous êtes droit comme la vérité même.

— Chalom, Kazimuru!

— Que Sigmen vous sourie, Yarrow!

Hal s'arrêta devant l'ascenseur tandis que le préposé de service à ce niveau établissait l'ordre de priorité pour la descente. Une fois sorti de la tour, il franchit une série de bandes roulantes de vitesse croissante jusqu'à atteindre la bande expresse centrale. Des corps le pressaient de tous côtés mais il était à son aise car tous ces gens, hommes et femmes, appartenaient à sa classe. Au bout de dix minutes, il se fraya un chemin en sens inverse à travers la masse humaine, passant à nouveau de bande roulante en bande roulante.

Cinq minutes plus tard, il prit pied sur le trottoir et se dirigea vers l'entrée du *pali* n° 16, l'Université de Sigmenville.

Il dut attendre un certain temps que le portier le fît entrer dans l'ascenseur qui, d'un seul bond, le transporta au treizième niveau. D'habitude, il gagnait directement son bureau pour faire sa première conférence de la journée, un cours tridiffusé, mais aujourd'hui il se rendit chez le doyen.

Ayant envie d'une cigarette et sachant qu'il ne pourrait fumer en présence d'Olvegssen, il s'arrêta pour en allumer une devant la porte de la salle de classe où Keoni Jerahmeel Rasmussen donnait son cours de linguistique élémentaire. Des bribes de sa conférence parvenaient aux oreilles de Hal :

— *Puka* et *pali* faisaient à l'origine partie du vocabulaire des primitifs polynésiens des îles Hawaii. Les anglophones qui colonisèrent ces îles par la suite adoptèrent un grand nombre de termes hawaiiens, notamment *puka* qui veut dire trou, tunnel ou caverne, et *pali*, c'est-à-dire falaise.

» Quand les Américano-Hawaiiens repeuplèrent l'Amérique du Nord après la Guerre Apocalyptique, ces deux mots étaient toujours employés dans leur acception première. Mais depuis une cinquantaine d'années, leur sens s'est modifié. *Puka* servit tout d'abord à désigner les petits logements attribués aux classes inférieures, avec une nuance franchement péjorative. Plus tard, il s'appliqua également aux appartements des classes supérieures. Quelle que soit la classe à laquelle appartient le sujet, hormis la hiérarchie, on habite à présent un *puka*.

» *Pali* — falaise — servit, lui, à désigner les gratte-ciel et tout autre édifice de haute taille. Contrairement à ce qui s'est passé pour *puka*, ce vocable a conservé sa signification originelle.

Yarrow avait fini sa cigarette. Il jeta le mégot dans un cendrier et traversa le hall.

Le Dr Bob Kafziel Olvegssen était à son bureau. Comme il était le plus âgé, ce fut naturellement lui qui parla le premier. Il avait un léger accent islandais.

— Aloha, Yarrow. Que faites-vous ici?

— Chalom, *abba*. Veuillez m'excuser si je me présente ainsi à vous sans y avoir été invité. Mais il me faut régler plusieurs affaires avant mon départ.

Olvegssen, un homme entre deux âges (il avait soixante-dix ans), aux cheveux gris, fronça les sourcils.

— Quel départ?

Hal prit la lettre rangée dans son sac de voyage et la tendit au doyen.

— Vous la projetterez vous-même si vous le désirez, bien entendu, mais je puis vous dire tout de suite pour économiser votre temps précieux que c'est un nouvel ordre de mission. Je suis chargé de mener une enquête linguistique.

— Vous venez tout juste d'en terminer une! Comment veulent-ils que je dirige ce collège avec efficacité et à la gloire du Clergétat s'ils passent leur temps à m'enlever mes collaborateurs pour les envoyer courir après des mots insensés!

— Vous ne critiquez sûrement pas les Uriélites? fit Hal, non sans quelque malice.

En dépit de ses efforts pour combattre un sentiment aussi antiréaliste, il n'aimait pas son supérieur.

— Quoi? Bien sûr que non! Je suis incapable d'une chose pareille et je trouve une telle supposition offensante.

— Votre pardon, *abba*. Jamais je ne songerais à insinuer que vous puissiez en être capable.

— Quand devez-vous partir?

— Par la première malle. Je crois qu'elle décolle dans une heure.

— Et quand reviendrez-vous?

— Sigmen seul le sait. Lorsque j'aurai terminé mes investigations et rédigé mon rapport.

— Vous vous présenterez immédiatement à moi.

— Je sollicite encore votre pardon, *abba*, mais cela me sera impossible. Ma C.M. sera alors arrivée depuis longtemps à échéance et je serai contraint de régler cette question toute affaire cessante. Cela peut prendre des heures.

Olvegssen se rembrunit.

— Oui, votre C.M.... Vous n'avez pas fait merveille, la dernière fois, Yarrow. J'espère que la prochaine montrera une amélioration. Sinon...

Hal eut soudain très chaud et ses jambes se mirent à trembler.

— Sinon, *abba*?

Sa propre voix lui paraissait faible et lointaine.

Olvegssen joignit le bout de ses doigts et dévisagea Hal.

— Je serai obligé de prendre des mesures... à mon grand regret. Je ne saurais avoir parmi mon personnel quelqu'un qui ait une médiocre C.M. Je crains d'avoir à...

Il y eut un long silence. La sueur ruisselait des aisselles de Hal et son front était moite. Il savait que c'était à dessein que le doyen le tenait sur le gril. Il ne voulait pas l'interroger, il ne voulait pas donner à ce *gimel* grisonnant, tout gonflé de son importance, la satisfaction de l'entendre l'implorer. Mais il n'osait pas non plus paraître indifférent. Et s'il ne disait rien, Olvegssen se bornerait à sourire et le congédierait sans autre forme de procès.

— Oui, *abba*? fit-il d'une voix étranglée, luttant pour qu'elle sonnât normalement.

— Je crains fort de ne pouvoir me laisser aller à la clémence en me contentant de vous rétrograder, de vous muter à l'enseignement secondaire, par exemple. J'aimerais être miséricordieux, mais, dans votre cas, la pitié risquerait de vous enraciner plus profondément dans l'irréalité. Et ce serait inadmissible. Non...

Hal jura intérieurement car il n'arrivait pas à réprimer le tremblement qui le secouait.

— Oui, *abba*? répéta-t-il.

— Je crains fort qu'il ne me faille alors transmettre votre dossier aux Uzzites.

— Non! s'exclama Hal.

— Si. J'en aurais de la peine, mais ne pas le faire serait *antishib* de ma part. Ce ne sera qu'en m'en remettant aux Uzzites que je rêverai correctement.

Ses mains se dénouèrent et il fit pivoter son siège, de sorte que Hal le voyait maintenant de profil.

— Cependant, reprit-il, il n'y a aucune raison pour que je doive en arriver là, n'est-ce pas? Après tout, vous êtes seul responsable de ce qui vous arrive. En conséquence, vous êtes le seul à blâmer.

— Ainsi le Précurseur l'a-t-il révélé. Je veillerai à ce que tout chagrin vous soit épargné, *abba*. Soyez assuré que ma conduite ne donnera pas à mon *agi* de prétexte pour m'attribuer une cote défavorable.

— Fort bien, dit le doyen comme s'il n'en croyait pas un mot. Je ne vous retiendrai pas davantage en examinant votre lettre car je devrais en recevoir le double au courrier. Aloha, mon fils, et rêvez bien.

— Voyez réel, *abba*, répondit Hal en se retirant.

Hébété d'épouvante, c'était à peine s'il avait conscience de ce qu'il faisait. Il prit machinalement la direction du port où il se soumit aux formalités requises pour se faire délivrer une priorité. Son esprit se refusait encore à fonctionner lucidement quand il embarqua.

Une demi-heure plus tard, il mit le pied sur l'aire d'atterrissage de Los Angeles et se rendit au guichet pour se faire confirmer qu'une place lui était réservée dans la malle de Tahiti.

Comme il faisait la queue, quelqu'un lui tapa sur l'épaule.

Il sursauta et se retourna pour présenter ses excuses à la personne qui se trouvait derrière lui. Son cœur se mit à cogner follement dans sa poitrine.

L'homme — un personnage trapu et ventripotent, large d'épaules — portait un uniforme noir et bouffant. Il était coiffé d'un bonnet conique, noir également, orné d'un étroit cordon. Et sur sa poitrine étincelait l'image de l'ange Uzza.

Il se pencha pour examiner les chiffres hébreux imprimés à la base du pied ailé que Yarrow arborait à la hauteur du sein, puis consulta le papier qu'il tenait à la main.

— Vous êtes Hal Yarrow? fit l'Uzzite. Suivez-moi.

Plus tard, Hal devait se dire que l'un des aspects les plus étranges de toute l'affaire avait été son absence de terreur. Non qu'il ne fût pas effrayé : simplement sa peur avait été reléguée à l'arrière-plan tandis que son esprit s'employait à analyser la situation et à chercher le moyen de se sortir de ce mauvais pas. Le trouble et la confusion qui s'étaient emparés de lui pendant l'entrevue avec Olvegssen étaient en train de s'évanouir. Maintenant, Hal avait recouvré son sang-froid. Le monde était redevenu clair et net.

Peut-être parce que les menaces du doyen étaient lointaines et aléatoires alors que son arrestation imminente était un danger immédiat et certain...

L'Uzzite le conduisit jusqu'à un petit aérocar qui attendait près du bâtiment administratif et lui ordonna d'y prendre place avant de s'y installer lui-même. Il régla les instruments de contrôle et le véhicule s'éleva. Quand il eut atteint une altitude d'environ cinq cents mètres, il s'élança, toutes sirènes hurlantes, vers sa destination. Bien que n'étant pas d'humeur à plaisanter, Hal ne put s'empêcher de songer que, décidément, la police n'avait pas changé depuis mille ans : même quand aucune urgence ne les y obligeait, il fallait que les gardiens de la loi fissent du bruit!

Deux minutes plus tard, l'aérocar se posa sur la terrasse d'un édifice, au douzième niveau.

L'Uzzite, qui n'avait pas desserré les dents pendant tout le trajet, fit signe à son passager de descendre. Hal lui non plus n'avait pas prononcé un mot, sachant que cela n'eût servi à rien.

Les deux hommes gravirent une rampe, traversèrent des couloirs où se bousculaient des gens affairés. Hal essayait de se souvenir exactement du parcours au cas où il pourrait s'évader, idée d'ailleurs ridicule car toute fuite était impossible. En outre, il n'avait encore aucune raison de croire qu'il se trouverait acculé à une telle extrémité.

Du moins l'espérait-il.

Finalement, l'Uzzite s'arrêta devant une porte dépourvue de plaque qu'il désigna d'un coup de pouce. Hal entra le premier.

Il se trouvait dans une antichambre. Une secrétaire était assise derrière un bureau.

— Ange Patterson au rapport, dit l'Uzzite. J'amène Hal Yarrow, Professionnel LING-56327.

La secrétaire répéta ces mots dans un micro et une voix tombant du plafond lui ordonna d'introduire les visiteurs. Elle appuya sur un bouton et une porte béa dans le mur.

La pièce où Hal, qui ouvrait toujours la marche, pénétra était spacieuse selon ses critères; elle était même plus grande que sa salle de classe ou que tout son *puka* de Sigmenville. Au fond se dressait un vaste bureau en demi-lune derrière lequel se tenait un homme dont la vue mit en déroute le calme de Yarrow.

Il s'était attendu à être confronté à un *agi* de rang supérieur, vêtu de noir et coiffé du bonnet conique. Mais cet homme n'était pas un Uzzite. Il était vêtu d'une ample robe pourpre à capuchon et sur sa poitrine brillait un imposant *lamech* d'or, le L hébreu. Et il portait la barbe.

C'était l'un des plus grands d'entre les grands : un Uriélite. Hal n'avait vu ses pareils qu'une douzaine de fois au cours de son existence.

Grand Sigmen, qu'ai-je fait? songea-t-il. Je suis condamné... condamné!

L'Uriélite était très grand; il dépassait Hal de près d'une demi-tête. Il avait un visage allongé aux pommettes proéminentes, le nez fort et aquilin, les lèvres minces, l'œil bleu clair.

— Halte, Yarrow, dit l'Uzzite d'une voix très basse. Garde à vous! Faites tout ce que le Sandalphon Macneff vous dira de faire sans hésitation ni faux mouvements.

Hal, à qui l'idée de désobéir ne serait jamais venue, acquiesça.

Macneff l'étudia au moins quatre minutes en caressant sa barbe touffue. Yarrow transpirait d'abondance et tremblait intérieurement. Enfin l'Uriélite parla. Son timbre était étonnamment grave pour un homme dont le cou était si maigre.

— Yarrow, aimeriez-vous quitter cette vie?

4

Plus tard, Hal prit le temps de rendre grâce à Sigmen de n'avoir pas obéi à son impulsion première.

L'effroi ne l'avait pas paralysé. Au contraire, il avait envisagé de se retourner à toute vitesse et d'attaquer l'Uzzite. Bien que ce dernier ne portât pas d'armes apparentes, il avait sans aucun doute un pistolet sous sa robe. Si Hal réussissait à s'en emparer après avoir mis l'homme hors de combat, il pourrait peut-être prendre Macneff en otage et s'enfuir en se servant du Sandalphon comme d'un bouclier.

Fuir où?

Il n'en avait pas la moindre idée. Israël? La Fédération Malaise? Les deux étaient bien loin quoique la distance ne signifiât pas grand-chose s'il parvenait à dérober ou à arraisonner un astronef. Mais, même si cette tentative était couronnée de succès, il n'aurait que de faibles chances de franchir le rideau de stations antimissiles

— sauf s'il parvenait à tromper leur surveillance. Cependant, il ne connaissait pas assez bien les procédures et les codes militaires pour cela.

Tandis qu'il passait ainsi les diverses possibilités en revue, l'impulsion qui l'animait s'émoussa. Il serait plus intelligent d'attendre de savoir de quoi on l'accusait, se dit-il. Peut-être serait-il alors en mesure de prouver son innocence.

Les lèvres de Macneff se retroussèrent légèrement en un sourire.

— C'est bien, Yarrow.

Sans être certain que ces mots l'autorisaient implicitement à parler, Hal risqua le tout pour le tout, faisant des vœux pour que la question n'offensât pas l'Uriélite.

— Qu'est-ce qui est bien, Sandalphon?

— Que vous ayez rougi au lieu de pâlir. Je sais lire dans les êtres, Yarrow. Il me suffit de quelques secondes pour voir clairement dans un homme. J'ai vu que vous n'étiez pas sur le point de vous évanouir d'effroi, comme ç'aurait été le cas pour beaucoup d'autres, en entendant mes premières paroles. Non, le sang brûlant de l'agressivité vous a rendu écarlate. Vous étiez prêt à nier, à discuter, à vous battre. Certes, d'aucuns pourraient soutenir que c'est une réaction défavorable, que votre attitude est révélatrice d'une pensée pervertie, d'une tendance à l'irréalité.

» Mais je demande : *Qu'est-ce que la réalité?* C'est la question posée par le frère corrompu du Précurseur lors du grand débat. La réponse est toujours la même : seul l'homme réel peut la donner. Or, je suis réel. Sinon, je ne serais pas un Sandalphon. *Shib?*

Hal, qui s'efforçait de ne pas respirer trop fort, acquiesça. Macneff ne devait pas lire dans les pensées d'autrui aussi clairement qu'il le croyait car il n'avait pas fait allusion à l'intention initiale qu'avait eue Hal de recourir à la violence.

A moins qu'il ne l'eût devinée mais ne fût assez sage pour pardonner?

— Quand je vous ai demandé si vous aimeriez quitter cette vie, Yarrow, je n'entendais pas par là que vous fussiez candidat à l'Enfer. (Il plissa le front et ajouta :) Quoique, à en juger par votre C.M., cela pourrait vous arriver bientôt si vous restez à votre niveau présent. Cependant, je ne doute pas que les choses s'amélioreront vite si l'offre que je compte vous faire vous agrée. Vous serez alors en contact avec beaucoup de gens *shib* et vous ne pourrez échapper à leur influence. *La réalité engendre la réalité*. Ainsi parla Sigmen.

» Mais ne précipitons pas les choses. Tout d'abord, vous allez jurer sur ce livre... (il prit un exemplaire du *Talmud d'Occident*) de ne répéter à personne et en aucune circonstance ce que vous entendrez dans ce bureau. Que vous accepterez la mort ou la torture plutôt que de trahir le Clergétat.

Hal posa la main gauche sur le livre (Sigmen se servait de sa main gauche parce qu'il avait perdu la droite) et jura par le Précurseur et tous les niveaux de la réalité que ses lèvres demeureraient à jamais closes. S'il reniait son serment, l'espoir d'avoir la gloire de contempler la face du Précurseur et de régner un jour sur un monde qui lui appartiendrait serait anéanti à jamais.

Comme il prononçait la formule sacramentelle, il commença à se sentir coupable. Il avait songé à frapper un Uzzite et à user de la force contre un Sandalphon. Comment avait-il pu capituler si soudainement devant son moi ténébreux? Macneff était le représentant vivant de Sigmen pendant que celui-ci voyageait à travers l'espace et le temps pour préparer le futur de ses disciples. Refuser d'obéir à Macneff, c'était gifler le Précurseur lui-même en plein visage — quelque chose de tellement infâme que l'idée seule en était intolérable.

Macneff reposa le livre sur son bureau et commença en ces termes :

— Il me faut tout d'abord vous dire que c'est par erreur que vous avez reçu l'ordre de vous rendre à Tahiti pour enquêter sur le mot *woggle*, erreur probablement due au fait que certains services uzzites ne coopèrent pas aussi étroitement qu'ils le devraient. On recherche actuellement les raisons de cette bévue et des mesures strictes seront prises pour que des méprises semblables ne se reproduisent plus à l'avenir.

Hal entendit derrière lui le bruyant soupir que poussa l'Uzzite; il n'était donc pas le seul, dans cette pièce, à être sujet à la peur!

— En examinant les rapports, un des membres de la hiérarchie a remarqué que vous aviez sollicité la permission d'aller à Tahiti. Sachant l'indice de sécurité élevé affecté à cette base, il a ouvert une enquête qui nous a permis de vous intercepter. Après avoir étudié votre dossier, je suis parvenu à la conclusion que vous étiez peut-être l'homme dont nous avons précisément besoin pour remplir certaine tâche.

Macneff s'était levé et, les mains nouées derrière le dos, le corps penché, il faisait les cent pas. Sa peau, d'un jaune très pâle, rappelait à Hal une défense d'éléphant qu'il avait eu l'occasion de voir au musée des espèces animales éteintes. La capuche rouge qui lui couvrait la tête faisait ressortir la couleur de son teint.

— Il vous sera demandé de vous porter volontaire car nous ne voulons que des gens d'un dévouement à toute épreuve. J'espère que vous vous joindrez à nous car je ne me sentirais pas à l'aise, sachant que nous avons laissé sur Terre un civil connaissant l'existence et la destination du *Gabriel*. Ce n'est pas que je mette votre loyauté en doute, mais les espions d'Israël sont très adroits et ils pourraient fort bien vous arracher le secret par la ruse ou vous enlever et vous droguer pour vous faire parler. Ce sont de fanatiques zélateurs du Régresseur, ces Israéliens!

Hal se demanda pourquoi l'usage des drogues était si irréaliste quand les Israéliens s'en servaient et si *shib*, en revanche, quand c'était l'Union Haïjacienne qui y recourait. Mais la suite du discours de Macneff chassa aussitôt cette question de son esprit.

— Il y a une centaine d'années, le premier vaisseau interstellaire de l'Union quitta la Terre à destination d'Alpha du Centaure. Un astronef israélien partit également vers la même époque. L'un et l'autre revinrent au bout de vingt années. Aucun des deux n'avait rencontré de planètes habitables. Une autre expédition haïjacienne rallia la Terre dix ans plus tard. Personne n'avait trouvé d'étoiles possédant des planètes susceptibles d'être colonisées.

— J'ignorais tout cela, murmura Hal Yarrow.

— Les gouvernements haïjacien et israélien ont gardé la chose secrète et leurs peuples respectifs n'en savent rien. Mais ils se sont mutuellement tenus informés. Les Israéliens, à notre connaissance, n'ont pas lancé de troisième programme interstellaire. Une telle opération impliquait une dépense d'argent et de temps astronomique. Pour notre part, nous avons en revanche envoyé dans l'espace un troisième vaisseau beaucoup plus petit et plus rapide que les précédents. Nous avons fait beaucoup de progrès en cent ans dans le domaine de l'astronautique. C'est là tout ce que je puis vous dire à ce sujet. Cette expédition est rentrée il y a quelques années et a signalé...

— Qu'elle avait découvert une planète où des humains pourraient vivre et qui avait déjà été habitée par des êtres intelligents! s'écria Hal, oubliant dans son enthousiasme qu'il n'avait pas été autorisé à parler.

Macneff s'arrêta net et ses yeux pâles plongèrent dans ceux de Yarrow.

— Comment le savez-vous? demanda-t-il sèchement.

— Pardonnez-moi, Sandalphon. Mais c'était fatal! Le Précurseur n'a-t-il pas prédit dans *Le monde et le temps réels* que l'on trouverait une planète possédant ces caractéristiques? Je crois que la prophétie se trouve à la page 573!

Macneff sourit :

— Je suis heureux que vos études des Ecritures vous aient fait une impression si profonde.

Comment en serait-il autrement? songea Hal. Ce n'est pas simplement une question d'impression. Mon dos est encore zébré de cicatrices laissées par le fouet de Pornsen, mon *agi*, qui me fustigeait quand je ne savais pas assez bien mes leçons. Pour vous enfoncer quelque chose dans le crâne, il savait s'y prendre, Pornsen! Mais pourquoi employer le passé? Il était mon *agi* quand j'étais à la crèche. Il était l'*agi* du dortoir quand j'étais au collège alors que je pensais être enfin débarrassé de lui. Et il est maintenant mon *agi* dans le bloc que j'habite. C'est lui seul qui est responsable de ma mauvaise C.M.

La réaction de protestation intervint presque aussitôt. Non! Non, ce n'est pas lui... c'est moi et uniquement moi qui suis responsable de ce qui m'arrive. Si j'ai une médiocre C.M., c'est parce que je le veux ou que mon moi ténébreux le veut. Si je meurs, c'est que je l'aurai voulu. Pardonne-moi, Sigmen, pour cette pensée contraire à la réalité.

— Je vous demande encore pardon, Sandalphon. L'expédition a-t-elle relevé des traces du passage du Précurseur sur cette planète? Ou — mais peut-être est-ce trop demander — y a-t-elle trouvé le Précurseur en personne?

— Non, mais cela ne veut rien dire. Elle avait pour instructions d'effectuer une reconnaissance rapide et de rentrer. Pour l'instant, je ne puis vous préciser à combien d'années-lumière est située cette planète ni de quelle étoile elle est le satellite, bien que, dans notre hémisphère, on la distingue à l'œil nu. Si vous vous portez volontaire, vous saurez votre destination après le départ du vaisseau. Et il doit décoller très bientôt.

— Vous avez besoin d'un linguiste? s'enquit Hal.

— L'astronef est immense mais nous aurons à bord un si grand nombre de militaires et de spécialistes que nous ne pouvons prendre qu'un seul linguiste. Nous avons choisi plusieurs professionnels porteurs du *lamech* parce qu'ils étaient au-dessus de tout soupçon. Malheureusement...

Hal attendit. Macneff reprit :

— Malheureusement le seul linguiste *lamechien* vivant est trop vieux pour participer à l'expédition. En conséquence...

— Un millier de pardons, Sandalphon, mais je viens de penser à quelque chose. Je suis marié.

— Ce n'est pas un problème. Il n'y aura pas de femmes à bord du *Gabriel*. Et, pour les gens mariés, le divorce sera automatique.

— Le divorce? répéta Hal d'une voix étouffée.

Macneff leva les mains d'un geste d'excuse :

— Vous êtes horrifié, bien sûr. Mais nous croyons, nous autres Uriélites, qu'il ressort du *Talmud d'Occident* que le Précurseur, sachant que cette situation se présenterait un jour, a fait référence à la dissolution du lien conjugal et en a prévu les conditions. C'est inévitable dans ce cas, car le couple sera séparé pendant au moins quarante ans. Bien entendu, les dispositions prises par le Précurseur sont rédigées en termes obscurs. Dans sa glorieuse sagesse, il savait que nos ennemis les Israéliens seraient dans l'incapacité de déchiffrer nos intentions dans les textes.

— Je suis volontaire, dit Hal. Apprenez-m'en davantage, Sandalphon.

★

Six mois après cette conversation, Hal Yarrow, debout dans la coupole d'observation du *Gabriel*, contemplait la sphère terrestre qui rapetissait au-dessus de lui. La nuit régnait sur l'hémisphère visible mais les mégalopoles d'Australie, du Japon, de Chine, d'Asie du Sud-Est, d'Inde, de Sibérie étaient de flamboyants brasiers. Ces disques, ces colliers étincelants étaient comme un langage pour Hal le linguiste. Ils parlaient. L'Australie, les Philippines, le Japon et la Chine septentrionale étaient peuplés par les membres américanophones de l'Union Haïjacienne.

La Chine méridionale, tout le sud-est de l'Asie, l'Inde méridionale et Ceylan, tous Etats de la Fédération malaise, parlaient le bazaar.

La Sibérie parlait l'islandais.

Son imagination fit pivoter le globe terrestre et Hal vit l'Afrique qui parlait le swahili au sud du Sahara. Sur tout le pourtour de la Méditerranée, en Asie Mineure, dans l'Inde septentrionale et au Tibet, c'était l'hébreu que l'on parlait. En Europe méridionale, entre les Républiques Israéliennes et les populations de langue islandaise de l'Europe du Nord, s'étirait une longue et étroite bande de territoire appelée les Marches, no man's land que se disputaient l'Union Haïjacienne et les Républiques Israéliennes et qui était depuis deux siècles un foyer de guerre larvée. Aucune des deux parties n'avait l'intention de renoncer à ses revendications, bien que ni l'une ni l'autre ne désirât déclencher une nouvelle Guerre Apocalyptique. Ainsi, dans la pratique, les Marches constituaient-elles une nation indépendante, dotée à présent d'un gouvernement organisé (qui n'était pas reconnu hors de ses frontières). La population locale parlait toutes les langues survivantes plus le lingo, jargon dont le vocabulaire dérivait des six autres idiomes et dont la syntaxe rudimentaire pouvait tenir tout entière sur une demi-feuille de papier.

Hal imaginait le reste de la Terre : l'Islande, le Groenland, les îles Caraïbes et la moitié orientale de l'Amérique du Sud. Là, on employait l'islandais, car l'Islande avait été le point de départ des Américano-Hawaiiens qui s'étaient employés à repeupler l'Amérique du Nord et la moitié occidentale du continent sud-américain après la Guerre Apocalyptique.

Enfin, il y avait l'Amérique du Nord dont la langue était l'américain (sauf dans la Réserve de la Baie d'Hudson où vivaient les vingt descendants des Canadiens français rescapés).

Quand cet hémisphère aurait basculé dans la nuit, Sigmenville scintillerait à son tour dans l'espace et le logement de Hal serait quelque part au sein de cette éblouissante clarté. Mais Mary l'abandonnerait sous peu; en effet, dans quelques jours, elle serait informée que son mari avait trouvé la mort au cours d'un accident lors de son trajet vers Tahiti. Elle pleurerait en privé, Hal en était sûr, car elle l'aimait à sa manière en dépit de la froideur de son attitude; mais, en public, ses yeux resteraient secs. Amis et collègues la plaindraient, non d'avoir perdu un époux chéri, mais d'avoir été mariée à un homme aux pensées irréalistes. Si Hal Yarrow avait péri dans un accident, diraient les gens, c'était qu'il l'avait voulu; un « accident », cela n'existait pas. Et tous les autres passagers (considérés eux aussi comme morts pour expliquer la disparition du personnel du *Gabriel*, ce qui impliquait un complexe écheveau de mensonges) avaient simultanément « accepté » de mourir. Ainsi déshonorés, ils ne seraient pas incinérés, leurs cendres ne seraient pas dispersées aux vents au cours d'une cérémonie publique. Non : les poissons pouvaient bien dévorer leurs corps — le Clergétat ne s'en souciait pas.

Hal avait de la peine pour Mary et il devait lutter pour retenir ses larmes.

Oui, se disait-il, debout à l'intérieur de la coupole d'observation, oui, c'était la meilleure solution. Ils ne se déchireraient plus mutuellement; leur supplice avait pris fin. Mary serait libre de se remarier puisqu'elle ne saurait pas que le Clergétat lui avait secrètement accordé le divorce et croirait que la mort avait dissous ses liens matrimoniaux. Elle aurait un an pour se décider, pour choisir un nouveau compagnon sur la liste établie par son *agi*. Peut-être le blocage psychologique qui lui avait interdit de concevoir un enfant jusqu'à présent disparaîtrait-il. Peut-être... Mais Hal doutait que survienne cet heureux événement. Comme lui, Mary était de glace au-dessous de la ceinture. Quel que soit le candidat sélectionné par l'*agi*, elle...

L'*agi*. Pornsen. Il ne verrait plus ce visage adipeux, il n'entendrait plus cette voix pleurarde...

— Hal Yarrow! fit la voix pleurarde.

Le petit homme aux bajoues flasques, la tête levée, le regardait avec un sourire en coin.

— Mon pupille bien-aimé, mon éternelle épine

dans le pied! dit la voix pleurarde. Je ne savais pas que tu serais toi aussi de ce glorieux voyage, mais j'aurais dû le deviner! Il semble que nous soyons enchaînés l'un à l'autre par l'amour. Sigmen doit l'avoir prévu lui-même. Que l'amour soit sur toi, mon pupille.

— L'amour de Sigmen soit aussi sur vous, mon gardien, répondit Hal d'une voix étranglée. Quelle merveille que de voir votre cher moi. Je pensais que nous ne nous reverrions jamais plus.

5

Le *Gabriel* filait vers sa destination et, sous une accélération de *1 g*, il commença d'augmenter sa vitesse dont le niveau ultime égalerait 99,1 % de celle de la lumière. Tout le personnel, à l'exception des quelques techniciens indispensables à la conduite du vaisseau, gagna la chambre de suspension. Il y resterait de nombreuses années en état d'hibernation. L'équipage s'y rendrait un peu plus tard, quand tous les équipements automatiques auraient été vérifiés, pour dormir en hypothermie tandis que l'accélération s'intensifierait à un point insupportable pour tout organisme non congelé. Et lorsque le *Gabriel* atteindrait sa vitesse de croisière, le moteur serait automatiquement coupé et la nef, silencieuse mais non point vide, se ruerait en direction de l'étoile qui était le but du voyage.

Les années s'écouleraient. Puis, à un moment donné, le compte-photons logé dans l'ogive jugerait l'astre suffisamment proche pour faire passer l'astronef en décélération. A nouveau lui serait appliquée une force à laquelle les corps humains n'eussent pas résisté s'ils n'avaient été mis en hibernation. Lorsqu'il aurait réduit sa vitesse à un seuil admissible, le propulseur se stabiliserait à *1 g*; de façon toujours aussi automatique, l'équipage serait réveillé et ses membres dégèleraient le reste du personnel. Il resterait alors six mois aux hommes avant la fin du voyage pour procéder aux préparatifs nécessaires.

Hal Yarrow serait parmi les derniers à être placés en animation suspendue et il serait parmi les premiers à être réveillés. Il avait pour tâche d'étudier la langue parlée par les habitants de Siddo, principale nation de la planète Ozagen. L'entreprise s'était révélée ardue dès le début. L'expédition qui avait découvert Ozagen avait réussi à trouver l'équivalence américaine de deux mille mots siddonites. La description qu'elle avait donnée de la syntaxe siddonite était des plus rudimentaires, et Hal y avait relevé une foule d'erreurs patentes.

Cette constatation l'avait inquiété. Il avait mission de composer un manuel et d'enseigner la langue de la planète au personnel du *Gabriel*. Or, en n'utilisant que les maigres moyens mis à sa disposition, il apprendrait des choses erronées à ses élèves. Et il serait même difficile de parvenir à ce stade.

D'abord parce que les organes de la parole, chez les indigènes, différaient quelque peu de ceux des Terriens et que, par conséquent, les sons émis par les uns et les autres étaient dissemblables. Certes, il était possible de trouver des approximations, mais les natifs les comprendraient-ils?

Autre obstacle : la construction grammaticale. Par exemple, les temps du verbe. Au lieu de le conjuguer ou d'utiliser des particules variables pour distinguer le passé du futur, les Siddonites employaient des mots totalement différents. Ainsi, l'infinitif masculin animé *dabhumaksanigalu'ahai*, qui voulait dire *vivre*, faisait *ksu'u'peli'afo* au parfait et *mai'teipa* au futur. Le procédé était le même pour tous les autres temps. A cela s'ajoutait le fait que, en plus des trois genres normaux (aux yeux des Terriens), le masculin, le féminin et le neutre (1), il y en avait deux supplémentaires, l'inanimé et le spirituel. Heureusement, le genre se déclinait, bien que cette déclinaison posât un sérieux problème pour un étranger, la désinence variant en fonction du temps.

Toutes les autres parties du discours — les noms, les pronoms, les adjectifs, les adverbes et les conjonctions — obéissaient aux mêmes principes que les verbes. Comme si ce n'était pas encore assez embrouillé, les diverses classes sociales utilisaient très souvent des vocables différents pour exprimer la même chose.

Quant à l'écriture, elle ne pouvait se comparer qu'à l'ancien japonais. Il n'y avait pas d'alphabet. Au lieu de lettres, les Siddonites se servaient d'idéogrammes, de lignes dont la longueur, la forme et l'angle relatif avaient une signification précise. Chaque idéogramme était affecté d'un signe indiquant la déclinaison du genre.

Dans la solitude de la cabine où il travaillait, Hal se répandait en imprécations. Pourquoi avait-il donc fallu que Siddo fût la nation domi-

(1) Le genre neutre existe en anglais. (N. D. T.)

nante d'Ozagen? Elle occupait l'un des deux continents de la planète; l'autre hémisphère était scindé en vingt pays dont les langues étaient aussi différentes du siddoniste que celui-ci de l'islandais ou du swahili. Un de ces groupes linguistiques avait, depuis déjà assez longtemps, inventé un alphabet phonétique qui finirait un jour par remplacer le système idéographique compliqué en vigueur chez les Siddonites. Mieux encore, cette langue était comparativement simple (pour les Terriens).

Mais l'expédition qui avait reconnu Ozagen avait décidé que le contact aurait lieu sur Siddo, qui était apparemment la nation la plus vaste et la plus puissante. Si le chef de la mission d'exploration s'était plus tard aperçu de son erreur, il ne l'avait pas admis.

Hal sacrait et se penchait sur sa tâche. Il étudiait les flexions à l'oscillographe, essayant d'analyser les mouvements musculaires que les Terriens devraient faire pour reproduire approximativement les sonorités siddonites. Il avait commencé de rédiger un dictionnaire siddo-américain qui permettrait, espérait-il, aux Unionistes de composer des phrases élémentaires en siddonite. Et il s'acharnait également sur son travail personnel : parvenir à s'exprimer couramment en siddonite. Il savait qu'il ne pourrait maîtriser la langue qu'en vivant de longues années parmi les indigènes.

Hélas, à ce moment-là, si les plans étaient réalisés comme prévu, tous les habitants d'Ozagen seraient morts depuis longtemps!

Hal travailla six mois d'arrache-pied. Tout le personnel, hormis l'équipage réduit à sa plus simple expression, était depuis longtemps entré dans la chambre de suspension. Ce qui gênait le plus Hal était la présence de Pornsen. L'*agi* finirait bien par être placé à son tour en hibernation, mais il lui fallait rester éveiller pour surveiller son pupille et corriger toute tendance à l'irréalité à laquelle Hal pourrait succomber. La seule consolation de ce dernier était de pouvoir prétexter de l'urgence de son travail pour n'adresser qu'à sa guise la parole à Pornsen. Mais il s'était lassé du silence et de la solitude. Pornsen était l'être humain avec lequel il lui était le plus facile de parler : il lui parlait donc.

Hal Yarrow fut l'un des premiers à quitter la chambre de suspension. Il y était resté quarante ans, lui apprit-on. Il accepta la chose intellectuellement mais ne la crut jamais véritablement. Ni lui ni ses compagnons de voyage n'avaient physiquement changé. La seule modification était l'éclat plus intense de l'étoile vers laquelle se dirigeait le *Gabriel.*

Elle finit par être l'objet le plus brillant de l'univers. Puis l'on distingua les planètes qui l'escortaient. Ozagen, la quatrième, grossit. Elle avait sensiblement la taille de la Terre dont, à distance, elle semblait être le portrait fidèle. Après plusieurs semaines consacrées à alimenter l'ordinateur en données, l'astronef se plaça sur une orbite d'attente. Pendant quatorze jours, il tourna autour de la planète tandis que se multipliaient les observations en provenance du vaisseau lui-même et de modules envoyés à l'intérieur de la couche atmosphérique. Quelques-uns allèrent jusqu'à atterrir. Ainsi que l'avait observé la précédente expédition, Ozagen se composait de deux masses continentales séparées par un océan large de plusieurs milliers de milles. Le continent choisi pour effectuer le contact n'avait été, en vérité, découvert par les indigènes que depuis sept cents ans. Ils l'avaient trouvé habité par des autochtones intelligents ressemblant de façon remarquable aux êtres humains; ceux-ci avaient été exterminés au terme d'une guerre de six siècles.

Le jour vint où Macneff donna au commandant l'ordre de se poser.

Lentement et au prix d'une impressionnante dépense en carburant, car sa masse était immense, le *Gabriel* pénétra en douceur dans l'atmosphère de la planète et mit le cap sur la capitale, Siddo, qui occupait une position centrale sur la côte est. Il se posa sans à-coup, tel un flocon de neige, dans un parc au cœur de la cité. Un parc? La ville tout entière en était un; les arbres y poussaient en telle abondance que, du haut des airs, on avait du mal à croire que sa population s'élevait, selon les estimations, à deux cent cinquante mille êtres. Les bâtiments, dont certains possédaient dix étages, étaient nombreux mais si largement dispersés qu'ils ne donnaient pas une impression d'agglomérat. Les voies spacieuses étaient recouvertes d'un tapis d'herbe si dru qu'il semblait inusable. Seul le port, très actif, faisait penser à une ville de la Terre. Là, les édifices s'entassaient les uns sur les autres et la rade était encombrée de voiliers et de bateaux à aubes.

La foule assemblée dans la prairie s'égailla à l'approche du gigantesque astronef qui, une fois posé, s'enfonça imperceptiblement dans le sol.

Le Sandalphon Macneff ordonna que l'on ouvrît le sas principal et, suivi de près par Hal Yarrow qui devait l'aider s'il s'embrouillait dans son allocution au comité d'accueil, il posa le pied sur la première planète habitable découverte par les Terriens.

Comme Christophe Colomb, songea Hal. *L'histoire se répétera-t-elle de la même façon?*

Le *Gabriel* se dressait toujours, immobile, au milieu du parc. Du lever au coucher du soleil, les hommes se mêlaient aux indigènes — qu'ils appelaient dédaigneusement wogglebugs — apprenant tout ce qu'ils pouvaient concernant leur langue, leurs coutumes, leur histoire, leur biologie et autres domaines.

La technologie ozagérienne faisait partie de ces autres domaines dont les Terriens étaient secrètement curieux. En toute logique, ils n'avaient rien à en redouter. Pour autant qu'on pût le déterminer, les wogs n'avaient pas été plus loin que les progrès réalisés sur Terre au XXe siècle (ap. J.-C.). Mais il fallait être tout à fait sûr que les apparences étaient conformes à la réalité. Si par exemple les wogs avaient possédé des armes d'une puissance meurtrière qu'ils cachaient en attendant de prendre les visiteurs par surprise?

Les indigènes étaient manifestement incapables, au stade où ils en étaient, de fabriquer des missiles et des ogives atomiques : rien à craindre de ce côté. Mais ils paraissaient fort en avance dans le domaine de la biologie, et l'arme biologique est aussi redoutable que l'arme thermonucléaire. De plus, même si les Ozagéniens s'abstenaient d'attaquer les Terriens à l'aide de germes, la maladie elle-même représentait une menace qui n'était pas moins mortelle. Ce qui n'eût été qu'un inconvénient mineur pour un indigène bénéficiant d'une immunité acquise au cours de dix siècles pouvait être un brutal arrêt de mort pour un Terrien.

Aussi le mot d'ordre était-il : pas de précipitation! Soyons prudents. Découvrez le maximum de choses. Recueillez des informations, recoupez-les, interprétez-les. Avant de passer à l'exécution du Projet Ozagénocide, assurons-nous que les représailles seront impossibles.

Voilà pourquoi, quatre mois après l'apparition du *Gabriel* dans le ciel de Siddo, deux Terriens animés d'intentions sans doute amicales (selon l'optique wog) partirent en excursion accompagnés de deux wogglebugs eux aussi animés d'intentions sans doute amicales (selon l'optique terrienne), dans l'intention de visiter les ruines d'une ville construite deux mille ans auparavant par une race humanoïde désormais éteinte. Ils étaient inspirés par un rêve fait quarante-quatre ans plus tôt sur une planète appelée Terre, une planète distante de quarante-deux années-lumière.

Et ils se déplaçaient dans un véhicule dont l'apparence était fantastique aux yeux des humains...

6

Le moteur eut un hoquet et le véhicule tangua. L'Ozagénien assis à droite, sur le siège arrière, se pencha et cria quelque chose.

Hal Yarrow tourna la tête.

— Quoi? hurla-t-il. (Puis il traduisit :) *Abdhudaï'akhu?*

Fobo, qui était directement derrière lui, colla sa bouche contre l'oreille du Terrien et traduisit à son tour ce que disait Zugu. Sa vocalisation aiguë conférait une étrange qualité à son américain.

— Zugu vous demande instamment de secouer la petite tige qui se trouve à votre droite. Pour faire parvenir... plus d'alcool... au carburateur.

Les antennes qui ornaient le casque de Fobo chatouillaient les oreilles de Hal qui prononça une phrase-mot de trente syllabes signifiant en gros : « Je vous remercie. » D'abord le verbe au présent à la première personne du masculin singulier animé. Puis une syllabe indiquant que celui qui parlait et celui auquel on s'adressait étaient mutuellement déchargés de toute obligation, puis le pronom de la première personne selon sa déclinaison voulue, puis une autre syllabe voulant dire que celui à qui était destiné ce discours était mieux informé que celui qui le prononçait, puis encore deux syllabes qui, dans l'ordre employé, décrivaient la situation comme semi-humoristique (dans l'ordre inverse, elle eût été présentée comme critique).

— Qu'avez-vous dit? cria Fobo.

Hal haussa les épaules, se rendant brusquement compte qu'il avait oublié un coup de glotte dont l'omission changeait du tout au tout le sens de la phrase ou bien la rendait totalement incompréhensible. En tout cas, il n'avait ni le temps ni l'envie de répéter.

Aussi se mit-il en devoir de secouer la tige selon les instructions de Fobo. Pour ce faire, il dut se pencher vers l'*agi* assis à sa droite.

— Mille pardons! beugla-t-il.

Pornsen ne le regarda pas. Il avait les mains croisées sur les genoux et ses phalanges étaient toutes blanches. Pour lui comme pour son pupille, c'était la première expérience du moteur à combustion interne mais, contrairement à Hal, il était terrorisé par le vacarme, la fumée, les secousses, les cahots et l'idée de se trouver à bord d'un véhicule terrestre à commande manuelle.

Hal sourit. Il aimait cet engin cocasse qui lui rappelait les illustrations des livres d'histoire représentant les automobiles terriennes de la seconde décennie du XXe siècle. Faire tourner le volant récalcitrant et sentir la lourde masse du véhicule obéir aux impulsions que lui imprimaient ses muscles le grisait; le martèlement des quatre cylindres et l'odeur âcre de l'alcool le surexcitaient. Et c'était amusant d'être secoué. Romantique. Comme d'embarquer à bord d'un bateau à voile — encore une chose qu'il espérait faire avant de quitter Ozagen.

En outre, bien qu'il refusât de l'admettre, tout ce qui effrayait Pornsen le ravissait.

Mais sa joie prit fin. Les cylindres se mirent à crachoter. La voiture eut un haut-le-corps, elle cahota et s'immobilisa. Les deux wogglebugs sautèrent à terre (il n'y avait pas de portières) et soulevèrent le capot. Hal les suivit. Pornsen resta à sa place; il sortit de la poche de son uniforme un paquet de Séraphins Miséricordieux (si les anges fumaient, ils préféreraient les Séraphins Miséricordieux) et alluma une cigarette d'une main tremblante.

Yarrow nota que c'était la quatrième qu'il entamait depuis les prières du matin. S'il n'y prenait garde, il dépasserait le contingent alloué aux *agis* de première classe eux-mêmes. En conséquence, si Hal avait encore des ennuis, il pourrait toujours demander à l'*agi* de l'aider en lui rappelant... Non! Il fallait chasser de son esprit cette idée ignominieuse! C'était là une pensée parfaitement irréelle qui ne pouvait appartenir qu'à un pseudofutur. Il aimait son *agi* de même que son *agi* l'aimait, et il ne devait même pas envisager une conduite aussi anti-Sigmen.

Hal secoua la tête pour balayer ces réflexions incongrues et se pencha au-dessus du moteur pour observer le travail de Zugu. Ce dernier paraissait savoir ce qu'il faisait. C'était bien normal, puisqu'il était l'inventeur et le constructeur du seul véhicule ozagénien (le seul à la connaissance des Terriens) mû par un moteur à combustion interne.

A l'aide d'une pince, il dévissait un tube long et étroit fixé à un boîtier de verre rond. Un système à différence de niveau, se rappela Hal. Le carburant s'écoulait du réservoir dans ce boîtier qui faisait office de filtre, puis passait dans le tube d'alimentation et aboutissait au carburateur.

— Allons-nous rester immobilisés toute la journée, mon fils bien-aimé? demanda Pornsen avec aigreur.

En dépit du casque et des grosses lunettes que les indigènes lui avaient donnés pour le protéger du vent, les lèvres crispées de l'*agi* étaient suffisamment éloquentes. Il était évident que, sauf amélioration de la situation, il ferait un rapport défavorable sur son pupille.

L'*agi* — A.G.I. ou Ange Gardien Intérimaire — avait voulu retarder le voyage de deux jours, le temps de réquisitionner un module permettant d'effectuer le trajet en un quart d'heure, confortablement et silencieusement, par la voie des airs. Hal avait fait valoir que, dans une région aussi boisée, un véhicule terrestre était plus efficace pour l'espionnage qu'un véhicule aérien. L'approbation de ses supérieurs n'avait fait qu'accroître la rage de Pornsen : il était tenu de suivre partout son pupille.

Aussi avait-il boudé toute la journée tandis que Hal, dont Zugu s'était institué le moniteur, pilotait la voiture à travers la forêt. Il n'ouvrait la bouche que pour lui rappeler le caractère sacré du moi et lui enjoindre d'aller moins vite.

— Pardonnez-moi, gardien cher à mon cœur,

répondait alors Hal en levant le pied de l'accélérateur.

Mais il ne tardait pas à écraser à nouveau la pédale, et la voiture rugissait et bondissait sur la route boueuse, pleine de trous et de bosses.

Zugu dévissa le haut et le bas du tube, enfonça une de ses extrémités dans sa bouche en forme de V et souffla. Mais rien ne sortit du cylindre. Il ferma ses gros yeux bleus et, derechef, gonfla les joues. Toujours rien sinon que son teint légèrement verdâtre vira au vert olive. Il tapota le tuyau de cuivre contre le capot, souffla encore sans plus de résultat.

Fobo fouilla alors dans la vaste poche de cuir fixée à la ceinture qui entourait sa panse grassouillette et en sortit un minuscule insecte bleu. Le tenant entre le pouce et l'index, il l'introduisit délicatement à l'intérieur du tube. Cinq secondes plus tard, un autre insecte, rouge celui-là, sortit précipitamment par l'autre extrémité, fuyant les mandibules avides du premier. Fobo se saisit avec dextérité de son petit protégé qui réintégra la sacoche tandis que Zugu écrasait la bestiole rouge sous sa semelle.

— Voyez! s'exclama Fobo. Un mangeur d'alcool! Il vit dans le réservoir où il s'imbibe librement et en toute quiétude. Il extrait les hydrates de carbone qui se trouvent dans le carburant, il nage sur les mers dorées de l'alcool. Quelle vie! Mais, parfois, il devient trop téméraire, il passe dans la chambre de sédimentation, dévore le filtre et s'engage dans le tube d'alimentation. Regardez... Zugu remplace le filtre. Nous allons pouvoir repartir dans quelques instants.

L'haleine de Fobo avait une odeur bizarre,

écœurante. Hal se demanda si l'Ozagénien avait bu de l'alcool. Il restait dans l'expectative, faute d'expérience, n'ayant jamais respiré auparavant l'haleine d'un alcoolique, mais il éprouvait une sourde inquiétude. Si l'*agi* savait que les occupants de la banquette arrière se livraient à des libations, il ne permettrait pas à son pupille d'échapper une minute à sa surveillance.

Les deux wogs remontèrent.

— En avant! lança Fobo.

— Une seconde! Je crois préférable de laisser Zugu conduire... cet engin.

— Si vous lui demandez de prendre le volant, il comprendra que vous n'avez pas confiance en moi, votre compatriote. Vous ne souhaitez pas lui donner l'idée que vous considérez un wog comme supérieur à un être humain, n'est-ce pas?

Pornsen toussa puis bégaya :

— Non... bien sûr que non, Sigmen m'en préserve! Je ne songeais qu'à ton bien-être. Je me disais que tu étais peut-être fatigué de piloter depuis ce matin cette mécanique primitive et dangereuse.

— Merci de l'amour que vous me prodiguez, répondit Hal. (Il sourit et ajouta :) Quelle consolation de savoir que vous êtes toujours à mes côtés, prêt à me détourner du péril des pseudofuturs!

— J'ai juré sur *Le Talmud d'Occident* de te guider tout au long de cette vie.

Dompté par la mention du livre sacré, Hal remit le moteur en marche. D'abord, il conduisit avec la lenteur requise pour satisfaire l'*agi*, mais, au bout de cinq minutes, son pied se fit plus lourd sur l'accélérateur et les arbres commencèrent à défiler comme des flèches. Il jeta un coup d'œil en coin en direction de Pornsen. Celui-ci était très raide, la mâchoire crispée; il devait à nouveau réfléchir au rapport qu'il présenterait au chef des Uzzites en regagnant l'astronef. Il paraissait assez furieux pour exiger que son pupille fût soumis au Grand Test.

Hal Yarrow, giflé par le vent de la vitesse, prit une profonde aspiration. Au diable Pornsen! Au diable le Grand Test! Le sang bouillonnait dans ses veines. L'air de cette planète ne sentait pas le renfermé comme celui de la Terre et c'était avec volupté qu'il remplissait ses poumons. Pour l'instant, il avait l'impression qu'il serait capable de faire un pied de nez à l'Archuriélite en personne!

— Attention! piailla Pornsen.

Du coin de l'œil, Hal entr'aperçut une sorte de grande antilope qui, jaillissant des fourrés, sauta sur la route juste devant la voiture. Il braqua pour l'éviter. Le véhicule chassa dans la boue et fit un tête-à-queue. Yarrow était encore trop novice en l'art de la conduite automobile pour savoir qu'il fallait braquer dans le sens du dérapage pour redresser. Son ignorance, toutefois, ne fut fatale qu'à la bête qui fut heurtée de plein fouet par le flanc droit de l'engin. Ses longues cornes déchirèrent la manche de Pornsen.

En rencontrant cet obstacle, la voiture reprit son assiette mais elle continua sur sa lancée. Sa trajectoire, perpendiculaire à la route, la conduisait droit sur un talus qu'elle escalada. Alors, elle prit son vol et retomba tandis que ses quatre pneus éclataient avec un ensemble parfait. Cependant, l'impact ne fut pas suffisant pour l'arrêter. Un épais buisson se rua sur Hal qui s'arcbouta sur son volant. Trop tard...

Sa poitrine se précipita sur la colonne de direction comme pour l'enfoncer dans le tableau de bord et Fobo lui tomba sur le dos. Tous deux poussèrent un cri.

Soudain, ce fut le silence. Un silence que brisait seulement un bruit de sifflement. Un panache de vapeur, fusant du radiateur éventré, montait à l'assaut des branches qui environnaient la tête de Hal.

A travers ce voile de fumée le contemplaient de grands yeux noisette. Il secoua la tête. Etaient-ce des yeux? Et là, étaient-ce des bras semblables à des branches? Ou des branches semblables à des bras? Il avait le sentiment qu'une nymphe aux yeux noisette l'enlaçait. Mais dryade n'était-il pas le nom qui convenait? Il ne pouvait le demander à personne, car personne n'avait jamais entendu parler de ces créatures. Les mots *nymphe* et *dryade* avaient été supprimés dans tous les livres, y compris le *Milton revu et réel* de l'édition Hack. Seule sa qualité de linguiste avait fourni à Hal l'occasion de lire la version non expurgée du *Paradis perdu,* ce qui lui avait permis de se familiariser avec la mythologie grecque.

Les réminiscences classiques fulguraient dans sa tête comme clignotent les voyants lumineux sur le tableau de contrôle d'un astronef. Il arrivait parfois que les nymphes se métamorphosent en arbres pour échapper à leurs poursuivants. Etait-ce une de ces légendaires habitantes des forêts qui braquait sur lui ses grands yeux marron et le contemplait derrière le rideau de cils le plus long qu'il n'eût jamais vu?

Il ferma les paupières. Avait-il été blessé au

crâne et le traumatisme était-il la cause de cette hallucination ?

Il rouvrit les yeux. L'hallucination s'était dissipée.

C'était l'antilope qui me regardait, se dit-il. *Elle s'en est sortie, après tout. Elle a fait le tour du buisson et m'a regardé. C'étaient les yeux de l'antilope. Et mon moi ténébreux a inventé un visage autour de ces yeux, une longue chevelure, un gracieux cou blanc, des seins gonflés... C'est mon esprit perverti qui, traumatisé par le choc, s'est passagèrement ouvert aux hantises suppurantes qui s'y agitent depuis le début de ce voyage au cours duquel je n'ai pas vu une femme, même sur bande enregistrée...*

Il cessa de penser aux yeux noisette. Il suffoquait. La voiture dégageait une odeur pestilentielle. L'accident avait dû faire terriblement peur aux wogs. Sinon, le réflexe relâchant le sphincter de leur « sac à malice » n'aurait pas joué. Cet organe, une vésicule située au bas des reins, constituait pour leurs ancêtres une efficace arme défensive ressemblant beaucoup à celle qu'utilise le brachyne tirailleur. A présent réduit à l'état de vestige, il servait à décharger la tension nerveuse quand elle atteignait un point extrême. Un système pratique mais qui présentait des inconvénients. Par exemple, les psychiatres wogs étaient obligés de laisser les fenêtres ouvertes ou de porter un masque à gaz pendant les séances thérapeutiques.

Aidé par Zugu, Keoki Amiel Pornsen émergea en rampant des broussailles au milieu desquelles il avait été projeté. Avec sa bedaine, son uniforme azuré sur le dos duquel étaient brodées des ailes d'ange en nylon blanc, il ressemblait à un gros insecte bleu. Il se mit debout et ôta son masque antivent. Son visage était exsangue. D'une main mal assurée, il tâtonna, pétrissant le sablier et le glaive entrecroisés, symbole de l'Union Haïjacienne, qui ornaient sa tenue. Ses doigts trouvèrent enfin le rabat magnétique et il sortit de sa poche un paquet de Séraphins Miséricordieux. Il tremblait si fort qu'il ne parvint pas à allumer sa cigarette.

Hal lui tendit son propre briquet. Sa main était ferme. Il parvenait à rester impassible malgré l'envie de rire qui montait en lui.

Pornsen approcha le bout de sa cigarette du serpentin incandescent. Un imperceptible frémissement agitait ses lèvres, révélant qu'il avait conscience d'avoir perdu une grande partie de son prestige aux yeux de son disciple : il se rendait compte qu'il ne pouvait permettre à un homme de lui rendre un service, si insignifiant fût-il, et lui donner ensuite le fouet.

Néanmoins, il commença cérémonieusement :

— Hal Shamshiel Yarrow...

— *Shib, abba,* répondit Hal de façon tout aussi protocolaire. J'écoute et j'obéis.

— Comment expliques-tu cet accident?

Hal fut surpris : il ne s'attendait pas à tant de douceur dans la voix de Pornsen. Cependant il ne se détendit pas, soupçonnant l'*agi* de chercher à endormir sa méfiance pour passer à l'attaque quand il ne serait pas sur ses gardes.

— Je me suis écarté de la réalité. Ou plutôt le Régresseur qui m'habite m'a fait m'en écarter. Mon moi ténébreux m'a incité à précipiter l'avènement d'un pseudofutur.

— Vraiment? dit Pornsen sur un ton calme où perçait une pointe de sarcasme. Ton moi ténébreux, dis-tu? Le Régresseur qui t'habite? C'est ce que tu ne cesses de prétendre depuis que tu es capable de parler. Pourquoi faut-il toujours que tu rejettes le blâme sur quelqu'un d'autre? Tu sais — ou tu devrais savoir, car j'ai été bien souvent contraint de te fouetter — que c'est toi seul qui es responsable de tes actes. On t'a enseigné que ton moi ténébreux te poussait à t'écarter de la réalité; mais on t'a aussi appris que le Régresseur ne peut rien contre toi — contre ton moi réel, Hal Yarrow — sans ton entière coopération.

— C'est aussi *shib* que la main gauche du Précurseur. Mais, mon *agi* bien-aimé, vous oubliez quelque chose dans votre petit sermon.

C'était maintenant dans le ton de Hal que perçait le sarcasme.

— Que veux-tu dire? demanda Pornsen d'une voix stridente.

— Que vous avez été vous aussi victime de cet accident, répliqua triomphalement Yarrow. Donc, c'est votre faute autant que la mienne!

Pornsen le regarda en roulant de gros yeux et larmoya :

— Mais... mais c'était toi qui conduisais!

— Cela ne change rien si j'en crois votre enseignement. (Il souriait d'un air avantageux.) Vous étiez d'accord pour être impliqué dans la collision. Sinon, nous n'aurions pas tamponné cette bête.

Pornsen oubliait de tirer sur sa cigarette. Sa main tremblante tordait les sept lanières de cuir du fouet glissé dans sa ceinture.

— Tu as toujours montré des signes d'orgueil et d'indépendance, Hal Yarrow. Ce sont là des tendances en contradiction avec la structure de l'univers telle qu'elle fut révélée à l'humanité par le Précurseur, réel soit son nom.

» J'ai envoyé en Enfer deux douzaines d'hommes et de femmes — le Précurseur leur pardonne! Cela m'a été pénible car je les aimais de tout mon cœur et de tout mon moi. J'ai pleuré en rapportant la chose à la sainte hiérarchie car je suis un homme qui a de la sensibilité. Mais c'était mon devoir, en tant qu'Ange Gardien Intérimaire, d'être à l'affût des immondes corruptions du moi qui peuvent, en se répandant, contaminer les adorateurs de Sigmen. On ne peut tolérer l'irréalité. Le moi est trop faible et trop précieux pour être soumis à la tentation.

» Je suis ton *agi* depuis ta naissance. Tu as toujours été un enfant désobéissant. Mais l'amour pouvait te rendre docile et repentant. Tu as éprouvé souvent mon amour.

Hal sentit son dos le chatouiller. Il gardait les yeux fixés sur la main de l'*agi* étreignant le manche de l'instrument d'amour passé dans sa ceinture.

— Cependant, poursuivit Pornsen, ce n'est qu'à l'âge de dix-huit ans que tu t'es effectivement détourné du vrai futur et qu'est apparu ton penchant pour les pseudofuturs : lorsque tu as décidé d'être un *tchatout* au lieu de devenir un spécialiste. Je t'ai prévenu que, si tu mettais ce projet à exécution, tu ne ferais pas ton chemin dans la société. Mais tu t'es entêté. Comme nous avons besoin de *tchatouts* et que mes supérieurs ont passé outre à mes objections, je t'ai autorisé à en être un. Cette attitude était déjà *antishib*. Mais c'est quand j'ai choisi la femme qui te convenait comme épouse, ainsi que me le dictait mon devoir (car qui, sinon ton *agi* aimant, connaît le type de femme le plus conforme à ton être?), que j'ai vu à quel point tu étais pétri d'orgueil et d'irréalité. Tu as discuté, regimbé, tu as essayé de te dérober, tu as tergiversé pendant un an avant de consentir à t'unir à elle. Un an de comportement irréel qui a fait perdre un sujet au Clergétat...

Hal pâlit et sept minces lignes rouges se dessinèrent sur sa joue, allant de la commissure de la lèvre à l'oreille.

— Je n'ai rien coûté au Clergétat, gronda-t-il. Nous sommes restés mariés neuf ans, Mary et moi, mais nous n'avons pas eu d'enfants. Les tests ont prouvé que ni elle ni moi n'étions stériles. C'était donc que l'un ou l'autre n'avait pas de pensées fertiles. J'ai demandé la permission de divorcer pour ce motif, tout en sachant que je pouvais finir en Enfer. Pourquoi n'avez-vous pas appuyé ma demande, comme votre devoir le commandait, au lieu de l'étouffer?

Pornsen souffla nonchalamment un nuage de fumée mais une de ses épaules s'affaissa. A cette vue, Hal devina qu'il avait réussi à acculer son *agi* à la défensive.

— Quand j'ai appris que tu étais à bord du *Gabriel*, enchaîna Pornsen, j'ai immédiatement compris que ce n'était pas parce que tu désirais servir le Clergétat. J'ai pensé que c'était pour une tout autre raison que tu avais signé ton engagement. Et maintenant, je sais que c'est la volonté perverse de te séparer de ta femme qui t'a poussé. La voilà, la raison! Etant donné que la stérilité, l'adultère et les croisières interstellaires sont les seules justifications légales permettant le divorce et que l'adultère est puni de l'Enfer, tu as choisi la seule issue qui demeurait. Tu es légalement considéré comme mort depuis que tu fais partie du personnel du *Gabriel*. Tu...

— Vous venez me brandir la légalité sous le nez! hurla Yarrow. (Il tremblait de rage et, en même temps, il était furieux d'être incapable de dissimuler son émotion.) Mais vous-même, vous savez très bien qu'en enterrant ma requête, vous manquiez à votre devoir d'*agi!* J'ai dû signer...

— Ah! qu'est-ce que je disais? (Pornsen sourit et lâcha un jet de fumée.) Cette requête, je l'ai rejetée pour cause d'irréalité. Sache que j'ai eu un rêve, un rêve extrêmement vivant, au cours duquel j'ai vu que Mary te donnerait un enfant deux ans plus tard. Ce n'était pas un rêve fallacieux car il portait la marque irrécusable d'une révélation envoyée par le Précurseur. Dès lors, il était clair que ton désir de divorce était un désir de pseudofutur. Ton vrai futur était entre mes mains et ce n'était qu'en dirigeant ta conduite que je pouvais le faire accéder à la réalité. J'ai noté ce rêve le lendemain. Il y avait une semaine que j'avais examiné ta pétition et...

— Vous venez de démontrer que vous avez été berné par un songe émanant du Régresseur et que ce n'était pas une révélation du Précurseur! s'exclama Hal. Je vais le signaler, Pornsen! Vous vous êtes trahi!

Pornsen blêmit. Il ouvrit la bouche et sa cigarette tomba par terre. Ses bajoues frémissaient sous l'effet de la peur.

— Que... qu'est-ce que tu... veux dire?

— Comment Mary aurait-elle pu me donner un enfant au bout de deux ans alors que je n'aurais pas été sur Terre pour l'engendrer? Ce que vous prétendez avoir rêvé ne pouvait matériellement pas devenir un futur réel! Vous vous êtes donc laissé duper par le Régresseur. Et vous savez ce que cela entraîne? Vous êtes candidat à l'Enfer!

L'*agi* se raidit. Son épaule se redressa. Sa main droite étreignit le manche du fouet. La lanière claqua à quelques centimètres de la figure de Hal.

— Regarde! fit Pornsen d'une voix sifflante. Sept lanières! Une pour chacune des Sept Irréalités Mortelles! Tu les as déjà senties. Tu vas les sentir une fois de plus!

— Taisez-vous! rétorqua brutalement Yarrow.

La bouche de Pornsen béa à nouveau.

— Comment as-tu cette audace? gémit-il. Moi, ton *agi* aimé...

— Je vous répète : taisez-vous, dit Hal un ton plus bas mais avec tout autant de mordant. J'en ai assez de vos jérémiades. Depuis des années, j'en ai assez. Toute ma vie, j'en ai eu assez.

Tout en disant ces mots, il regardait Fobo qui s'approchait d'eux. Derrière l'Ozagénien, il apercevait le cadavre de l'antilope gisant au milieu de la route.

Cet animal est mort. J'avais pensé qu'il avait été épargné. Ces yeux derrière le buisson qui me regardaient. Des yeux d'antilope? Mais si l'antilope est morte, à qui appartenaient-ils?

La voix de Pornsen le ramena au présent :

— Je crois, mon fils, que c'est la colère et non

la volonté de nuire qui nous a fait parler de la sorte. Pardonnons-nous mutuellement et, au retour, nous laisserons les Uzzites en dehors de cela.

— Si c'est *shib* pour vous, c'est *shib* aussi pour moi.

Hal fut surpris de voir des larmes dans les yeux de Pornsen et le fut plus encore — et même scandalisé — lorsque l'*agi* fit mine de le prendre par les épaules.

— Ah! mon garçon, si seulement tu savais comme je t'aime et comme je souffre quand je dois te châtier!

— Cela me paraît difficile à croire, répondit Yarrow en s'écartant.

Et il se dirigea vers Fobo.

Il y avait également des larmes dans les grands yeux globuleux et non humains du wog, mais elles étaient dues à autre chose. C'était par pitié pour la bête morte et aussi à cause du choc que Fobo pleurait. Cependant, à chaque pas, son expression se faisait plus sereine et ses pleurs se séchaient à mesure qu'il approchait. De l'index droit, il traçait un cercle au-dessus de sa tête.

C'était là, Hal le savait, un signe religieux utilisé par les wogs dans un grand nombre de situations différentes. Pour l'heure, Fobo l'employait apparemment afin de relâcher sa tension nerveuse. Soudain, il sourit de l'affreux sourire des wogglebugs — un V dans un V! — et recouvra d'un seul coup sa bonne humeur. Son système nerveux hypersensible avait à nouveau tout son tonus; il se chargeait et se déchargeait aisément.

Fobo fit halte.

— Un conflit de personnalités, messieurs?

s'enquit-il. Un désaccord, un différend, une dispute?

— Rien de tout cela, répondit Hal. Nous avons juste été un peu secoués... c'est la réaction. Dites-moi, Fobo, sommes-nous encore loin de ces ruines humanoïdes? Il va nous falloir faire le reste du trajet à pied. La voiture est hors de service. Dites à Zugu que je suis désolé.

— Ne vous cassez pas le crâne... la tête. Zugu se préparait à fabriquer un nouveau véhicule supérieur à celui-là. Et la promenade sera plaisante... revigorante. Nous ne sommes plus qu'à un... kilomètre? Ou à peu près.

Hal lança son masque et ses lunettes dans l'auto où ils rejoignirent ceux des indigènes. Il prit son sac mais laissa celui de l'*agi* là où il était, non sans mauvaise conscience car, en bon pupille, il aurait dû proposer à Pornsen de se charger de son bagage.

— Vous n'avez pas peur qu'on vous vole vos affaires? demanda-t-il à Fobo.

— Pardon? fit ce dernier, avide d'apprendre un mot nouveau. Qu'est-ce que voler?

— C'est prendre et garder sans y être autorisé quelque chose qui ne vous appartient pas. C'est un crime que punit la loi.

— Un crime?

Hal capitula et se mit en marche d'un pas rapide. Derrière lui, l'*agi,* doublement furieux d'être traité comme une quantité négligeable et de voir son pupille enfreindre les convenances en l'obligeant à porter lui-même son sac, s'écria :

— Ne présume pas trop de toi, espèce de... de *tchatout* !

Au lieu de se retourner, Hal se rua en avant et

la réplique rageuse qu'il voulait lancer mourut sur ses lèvres. Il avait entr'aperçu quelque chose de blanc à travers la verdure. Blanc comme de la peau.

Ce n'avait été qu'un éclair fugitif et Yarrow songea que c'était peut-être un oiseau déployant ses ailes. Mais non... c'était impossible : il n'y avait pas d'oiseaux sur Ozagen.

7

— *Sou Yarrow. Sou Yarrow. Woufvayfvou, sou Yarrow.*

Hal se réveilla. Tout d'abord, il ne sut pas très bien où il était. Puis ses idées s'éclaircirent et la mémoire lui revint : il dormait dans l'une des salles de marbre de la cité bâtie par les humanoïdes mammifères. La clarté de la lune — une lune plus brillante que celle de la Terre — qui s'engouffrait par la porte révélait une forme accrochée au chambranle. Un insecte ailé étincela. Quelque chose de mince et d'allongé se darda, le captura et il disparut dans les profondeurs d'une gueule soudain béante.

Le lézard prêté par les gardiens des ruines faisait bien son travail d'insectivore.

Hal tourna la tête vers la fenêtre qui s'ouvrait à une trentaine de centimètres au-dessus de lui. Là aussi, le reptile de service faisait efficacement barrage aux moustiques qu'il gobait avec diligence.

La voix qui avait réveillé Hal semblait venir de cette direction. Tendant l'oreille, comme pour obliger cette voix à briser à nouveau le silence, il contempla l'étroit rectangle lumineux. Mais il n'entendait plus rien. Soudain il sursauta et se retourna en percevant un froissement étouffé derrière lui. Une bestiole de la taille d'un raton laveur se tenait sur le seuil de la porte, un de ces quasi-insectes qu'on appelait pulmos et qui rôdaient la nuit dans la forêt. C'était une espèce d'arthropode inconnue sur Terre. Contrairement à ses cousins terrestres, sa fonction respiratoire ne dépendait pas seulement de trachées ou de tubes à oxygène : il avait de chaque côté de la bouche un petit sac extensible comme celui des grenouilles, qui se gonflait et se dégonflait tour à tour. C'était cet organe qui produisait ce bruit de froissement.

Bien que le pulmo fût figé dans l'attitude sinistre de la mante religieuse, Hal ne s'inquiéta pas : Fobo lui avait dit qu'il n'était pas dangereux pour l'homme.

Une sonnerie stridente, semblable à celle d'un réveille-matin, retentit brusquement dans la pièce. Pornsen se redressa sur sa couche. A la vue de l'insecte, il hurla et le pulmo détala. La sonnerie s'arrêta et Pornsen se recoucha. C'était l'instrument qu'il portait à son poignet qui avait jeté l'alarme.

— C'est la sixième fois que ces bêtes me réveillent, grogna l'*agi*.

— Vous n'avez qu'à débrancher votre bracelet d'alerte, répondit Hal.

— Pour que tu puisses sortir en cachette et répandre ta semence sur le sol !

— Vous n'avez pas le droit de m'accuser d'un comportement aussi irréel.

Hal avait répliqué machinalement sans véritable colère. C'était à la voix mystérieuse qu'il pensait.

— Le Précurseur lui-même a dit que personne n'est sans reproche, murmura Pornsen. (Il soupira et bredouilla en se rendormant :) Je me demande si ce qu'on prétend est exact... que le Précurseur en personne est peut-être sur cette planète... qu'il nous surveille... il a prophétisé... aah...

Assis sur son séant, Hal observa Pornsen qui se remettait à ronfler. Il était déconcerté. C'était sûrement en rêve qu'il avait entendu cette voix douce s'exprimant dans une langue ni terrestre ni ozagénienne. Oui, il ne pouvait l'avoir entendue qu'en rêve car elle était humaine : or, son *agi* et lui-même étaient les seuls spécimens d'*Homo sapiens* dans un rayon de trois cents kilomètres.

Et c'était une voix féminine. Précurseur! Entendre enfin une femme! Pas Mary. Il ne voulait jamais plus entendre sa voix. Il ne voulait même pas entendre parler d'elle. Mary était la seule femme qu'il eût... oserait-il prononcer ce mot même dans son for intérieur?... qu'il eût possédée. Un atroce supplice, écœurant et humiliant. Mais cela ne l'empêchait pas de souhaiter... il était heureux que le Précurseur ne fût pas là pour lire ses pensées... de souhaiter rencontrer une autre femme qui lui apporterait peut-être cette extase dont il ne savait rien, sinon ce qu'il éprouvait en répandant sa semence... le Précurseur lui vienne en aide!... chose qui, il en avait la conviction, n'était qu'un pâle et insipide reflet de ce qu'il y avait en attente...

— *Sou Yarrow. Woufvayfvou. Seh mfa, j'nêt rastinak. R'gateh wa f'nêt.*

Hal se leva lentement. Une gangue de glace lui enserrait la nuque. C'était bien de la fenêtre que venait le murmure. Une tête de femme se silhouettait sur le rectangle lumineux. Des épaules blanches brillèrent au clair de lune et un doigt blanc se posa en travers du trait noir d'une bouche.

— *Pou wamou tu bô tiou. E'outeh. Silass! Fvouneh. Fvit, silfvpleh.*

Ebahi mais aussi docile que si une pleine dose d'hypnolipine lui eût été administrée, Hal se dirigea vers la porte. Malgré sa stupeur, il n'était pas troublé au point d'oublier de jeter un coup d'œil du côté de Pornsen pour s'assurer que ce dernier dormait toujours.

L'espace d'une seconde, il faillit céder au réflexe qui lui ordonnait de réveiller l'*agi* mais son bras déjà tendu s'immobilisa net. Il fallait prendre le risque. Le ton pressant de la femme et la peur qui vibrait dans sa voix disaient avec éloquence qu'elle était aux abois et avait besoin de lui. Et il était évident qu'elle ne voulait pas voir se réveiller Pornsen.

Que dirait l'*agi,* que ferait-il s'il savait qu'une femme était dehors?

Une femme? Mais comment une femme pouvait-elle être là?

Les vocables qu'elle avait émis rappelaient quelque chose de familier à Yarrow. Il avait l'impression étrange et intangible qu'il aurait dû reconnaître la langue qu'elle avait employée mais il n'y parvenait pas.

Il s'arrêta. A quoi pensait-il? Si jamais Pornsen se réveillait et se tournait vers le lit de son pupille... Revenant sur ses pas, il glissa son sac sous le drap que le gardien des ruines lui avait fourni, roula sa veste en boule et la mit à côté de façon que l'extrémité du boudin qu'elle formait reposât sur l'oreiller. Avec un peu de chance, si Pornsen n'avait pas les idées très nettes, peut-être s'y laisserait-il prendre.

Hal se remit en marche, pieds nus, mais il fit encore halte avant d'atteindre la porte. Un cylindre de la taille d'une boîte de ration montait la garde devant celle-ci. Tout objet plus gros qu'une souris pénétrant dans le champ de soixante centimètres de rayon qu'il émettait déclenchait un signal capté par le mécanisme fixé au poignet de Pornsen, mettant en branle, comme tout à l'heure, une sonnerie d'alarme qui tirait l'*agi* de son sommeil.

Cet accessoire n'était pas seulement destiné à interdire l'entrée de la pièce aux visiteurs indésirables : il empêchait également Hal de sortir à l'insu de son ange gardien. Comme il n'y avait pas d'installations sanitaires dans les ruines, Yarrow n'avait qu'une seule excuse pour s'absenter : un besoin naturel. Et Pornsen l'accompagnerait pour être certain qu'il ne ferait pas autre chose.

Hal s'empara d'une tapette à mouches dont le manche, fait d'un bois flexible, mesurait près d'un mètre et dont la masse était trop faible pour actionner le signal d'alerte. Tremblant comme une feuille, il s'en servit pour éloigner le cylindre. Il fallait procéder doucement pour ne pas déclencher malencontreusement la sonnerie.

Par chance, le sol de pierre avait été débarrassé des détritus accumulés au fil des siècles et tant de pieds l'avaient usé au cours des générations qu'il était lisse et poli.

Une fois dehors, Hal remit le cylindre à sa place et, le cœur battant d'appréhension et de surexcitation, contourna le bâtiment.

La femme n'était plus à la fenêtre; elle se tenait dans l'ombre de la statue de la déesse à genoux qui se dressait à une cinquantaine de mètres de là. Hal s'avança vers elle mais comprit soudain pourquoi elle se cachait : Fobo approchait d'un pas nonchalant. Yarrow accéléra l'allure afin d'intercepter le wog avant que celui-ci eût remarqué une présence insolite et, aussi, afin d'être hors de portée de voix pour ne pas réveiller Pornsen.

— Chalom, aloha, bons rêves, que l'amour de Sigmen soit sur vous, dit l'Ozagénien. Vous paraissez nerveux. Est-ce à cause de l'incident de la matinée?

— Non. Je ne pouvais pas dormir, c'est tout. Et j'ai eu envie d'admirer les ruines sous la lune.

— Elles sont grandioses, belles, étranges et un peu tristes. Je pense aux générations qui ont vécu ici, à tous ces gens qui sont nés, qui se sont divertis, qui ont ri, pleuré, souffert, qui ont mis des enfants au monde et qui sont morts. Tous... tous, morts, retournés à la poussière. Ah! Hal, les larmes me montent aux yeux et je sens comme la prémonition de ma propre fin.

Fobo prit un mouchoir dans la sacoche fixée à sa ceinture et se moucha.

Hal le regardait. Qu'il était humain par certains aspects, ce monstre, cet indigène d'Ozagen!

Ozagen... Un nom bizarre qui avait une histoire. Selon celle-ci, l'un des hommes qui avaient découvert la planète s'était exclamé à la vue des autochtones : « *Oz again*! », faisant ainsi allusion aux livres, jadis célèbres, de Franck Baum (1).

Réaction bien naturelle! Ils ressemblaient en effet au Pr Wogglebug, le personnage de Frank Baum, avec leur corps replet et leurs membres relativement grêles. Leur bouche faisait deux larges V superposés. Ils avaient des lèvres épaisses et lobulaires — quatre lèvres, en fait, chaque branche des deux V séparée par une profonde fissure au niveau du point d'attache. Dans un passé évolutif très reculé, ces lèvres étaient des bras modifiés. A présent, elles constituaient des membres rudimentaires déguisés en pièces labiales si fonctionnelles que nul ne pouvait en deviner l'origine. Lorsque les wogs riaient et que s'ouvraient leurs deux V buccaux, les Terriens étaient étonnés : au lieu de dents, les indigènes avaient une arcade maxillaire crénelée. Un repli épidermique pendait à la voûte du palais, ancien épipharynx qui, désormais, n'était plus qu'une langue arrière vestigielle. C'était cet organe qui conférait à tant de sons ozagéniens ce chevrotement que les humains avaient tellement de mal à reproduire.

Leur peau était aussi peu pigmentée que celle de Yarrow mais, là où l'épiderme du Terrien était rosé, le leur était légèrement verdâtre :

(1) Frank Baum est l'auteur d'une quinzaine de livres, écrits entre 1900 et 1920, qui sont des classiques de la littérature enfantine aussi célèbres aux U.S.A. qu'en Angleterre *Alice au pays des merveilles*. Tous se passent dans une contrée imaginaire et fabuleuse dénommée Oz. (N. D. E.)

c'était le cuivre et non le fer qui faisait office de transporteur d'oxygène dans le système circulatoire des wogs.

Fobo avait enlevé sa calotte ornée d'une paire d'antennes artificielles, symbole de son appartenance au clan de la Sauterelle. Cela aurait pu diminuer sa ressemblance avec le Pr Wogglebug, mais en fait son front dégarni et les cheveux blonds, raides et tire-bouchonnés qui se hérissaient derrière sa tête l'accentuaient encore, de même que le nez dépourvu d'arête et d'une longueur comique qui saillait, tout droit, au milieu de sa figure. Deux antennes cachées à l'intérieur de cet appendice cartilagineux servaient d'organes olfactifs.

Le Terrien qui, pour la première fois, s'était trouvé en présence des naturels, aurait donc pu effectivement pousser cette exclamation, mais il était douteux qu'il l'eût fait, et l'histoire devait être apocryphe. D'abord, il se trouvait que, dans la langue locale, le mot *Ozagen* était justement l'équivalent de « Mère Terre ». Ensuite, même si ce pionnier avait pensé à faire ce commentaire, il ne l'aurait pas proféré à haute voix. Les ouvrages parlant du pays d'Oz étaient prohibés sur le territoire de l'Union Haïjacienne et l'homme n'aurait pu les avoir lus qu'en les achetant en contrebande.

Hal se rendit soudain compte que Fobo était en train de lui parler :

— ... et M. Pornsen vous a appelé *tchatout* quand il était tellement en colère. Qu'est-ce que cela veut dire?

— Un *tchatout* est quelqu'un qui n'est spécialisé dans aucune science mais les connaît toutes assez bien. J'assure, en ce qui me concerne, la liaison entre différents savants et les autorités officielles. J'ai pour tâche de condenser et d'intégrer les rapports scientifiques pour les présenter à la hiérarchie.

Il jeta un coup d'œil en direction de la statue; la femme était maintenant hors de vue.

— La science, poursuivit-il, a atteint un degré de spécialisation tel que la communication entre les chercheurs travaillant dans la même discipline est devenue très difficile. Chacun a une connaissance verticale approfondie de son petit secteur mais guère de connaissances horizontales. Mieux il maîtrise son domaine restreint et plus les disciplines apparentées lui échappent. C'est qu'il n'a pas le temps de dépouiller ne serait-ce qu'une fraction de la masse écrasante des publications dont il est submergé. Je vais vous donner un exemple de la gravité de la situation : supposons deux médecins spécialisés dans les affections nasales. Eh bien, l'un s'occupera de la narine gauche et l'autre de la droite.

Fobo leva les mains au ciel dans un geste d'horreur.

— Mais la science en arriverait à un point mort! Vous devez sûrement exagérer.

— Avec mes deux docteurs, oui, répondit Hal qui réussit à faire un vague sourire. Mais pas tellement. Et il est exact que la science n'avance plus comme autrefois selon une progression géométrique. Le savant manque de temps et la communication est insuffisante. Une découverte réalisée dans une autre branche ne peut faciliter son travail pour la bonne raison qu'il n'en entendra pas parler.

Un court instant, une tête apparut derrière le socle de la statue et le front de Hal se couvrit de sueur.

Fobo entreprit de l'interroger sur la religion fondée par le Précurseur. Le Terrien se montra aussi peu prolixe que possible; il alla même jusqu'à laisser sans réponse quelques-unes des questions de son interlocuteur, bien que cette attitude l'embarrassât. Le wog raisonnait de façon logique et la logique était un phare que Hal n'avait jamais braqué sur les enseignements des Uriélites.

— Tout ce que je peux vous dire, fit-il enfin, c'est qu'il est absolument vrai que la plupart des hommes peuvent voyager subjectivement dans le temps mais que seuls le Précurseur, le Régresseur, son frère perverti, et la femme du Précurseur sont capables d'y voyager objectivement. Je sais que c'est vrai parce que le Précurseur a prédit ce qui arriverait dans l'avenir et que, jusqu'ici, chacune de ses prophéties s'est vérifiée.

— Chacune?

— Enfin... toutes sauf une. Mais il s'est révélé qu'il s'agissait d'un oracle irréel, d'un pseudofutur que le Régresseur était parvenu à glisser dans *Le Talmud d'Occident.*

— Comment pouvez-vous être certain que les autres prédictions qui ne se réaliseront pas ne sont pas, elles aussi, des interpolations mensongères?

— Je... je ne sais pas. La seule façon de le savoir, c'est d'attendre l'heure fixée pour leur réalisation. Alors...

Fobo sourit.

— Alors vous saurez que la prophétie en question a été faite par le Régresseur?

— Evidemment. Mais, depuis quelques années, les Uriélites s'efforcent de mettre au point une méthode qui, disent-ils, permettra de savoir par le truchement de preuves internes si les événements annoncés sont de vrais ou de faux futurs. A l'époque où nous avons quitté la Terre, on s'attendait à ce que cette méthode infaillible fût trouvée d'un jour à l'autre. A présent, il nous faut attendre de rentrer pour être fixés.

— Cette conversation a l'air de vous rendre nerveux. Nous pourrons peut-être la reprendre plus tard. Dites-moi... que pensez-vous de ces ruines?

— Elles sont fort curieuses. Naturellement, il y a quelque chose de presque personnel dans l'intérêt que je porte à cette race éteinte car ces êtres étaient mammifères tout comme les Terriens. Ce que je ne comprends pas, c'est que la population qui occupait jadis cet immense continent ait entièrement disparu. Si ces créatures nous ressemblaient, elles auraient dû survivre. Même si elles avaient été dans l'incapacité de vous vaincre, elles auraient pu, au moins, vous empêcher de vous installer sur cette partie de la planète.

— Il est possible qu'il y ait quelques survivants dans les forêts et les jungles de l'intérieur mais, à notre connaissance, les aborigènes sont tous morts au cours des guerres qui les ont opposés à nous. Nous les avons vaincus parce que nous étions unis tandis qu'ils s'entre-déchiraient tout en nous combattant. Nous leur avons fait des ouvertures de paix à de nombreuses reprises mais nos offres ont toujours été rejetées et nous avons été obligés d'exterminer nos adversaires. C'était une race décadente, querelleuse, cupide et dépravée.

De vrais humains, songea Hal. Mais, jusqu'à plus ample informé, il fallait faire des réserves sur la version de Fobo. *Ce sont les conquérants qui écrivent les livres d'histoire.*

— Je vous parlerai un autre jour de leur déclin et de leur chute, continua le wog. C'est là une aventure fantastique par bien des côtés. Mais, pour le moment, je crois que je vais aller me coucher.

— Je n'ai pas sommeil. Si vous n'y voyez pas d'inconvénient, je vais me promener un peu. Ces ruines sont admirables au clair de lune!

Fobo bâilla.

— Eh bien, je vais vous laisser. Mais avez-vous une arme à feu pour vous défendre des créatures qui rôdent la nuit?

— Je suis autorisé à avoir un couteau dans la tige de ma botte.

Fobo sortit un pistolet dissimulé sous ses vêtements et le tendit au Terrien.

— Tenez! J'espère que vous n'aurez pas à vous en servir mais on ne sait jamais. Ce monde est un monde sauvage et cruel, ami. Surtout ici, dans cette région.

Hal examina le pistolet avec curiosité. Il ressemblait à ceux qu'il avait vus à Siddo. Il était rudimentaire comparé aux petits automatiques du personnel du *Gabriel,* mais il en émanait l'aura fascinante qui entoure une arme d'un autre monde. En outre, l'analogie était grande avec les anciens pistolets d'acier jadis en usage sur la Terre. Son canon hexagonal n'avait pas tout à fait trois décimètres et son calibre était sensiblement de 50. Un barillet pivotant recelait cinq cartouches de cuivre chargées de poudre noire et serties autour d'une balle de plomb. L'amorce à percussion était sans doute une capsule de fuminate de mercure. Chose étrange, il n'y avait pas de gâchette : le chien, mû par un ressort puissant, venait frapper la cartouche quand on le lâchait. Hal aurait aimé voir le mécanisme qui faisait tourner le barillet quand le chien était ramené en position mais il ne voulait pas retenir Fobo. Malgré tout, il ne put s'empêcher de lui demander pourquoi l'instrument n'était pas muni d'une gâchette.

La question parut déconcerter le wog. Après les explications de Hal, ses gros yeux ronds papillotèrent — spectacle insolite et un peu effrayant au premier abord car c'était la paupière inférieure qui bougeait.

— Je n'avais jamais songé à cela! s'exclama-t-il. Ce système serait plus efficace et moins fatigant pour le tireur.

— Pour moi, c'est l'évidence même mais je suis Terrien et je pense en Terrien. J'ai remarqué que les Ozagéniens ne pensent pas toujours comme nous, ce qui n'a rien de tellement surprenant.

Il rendit le pistolet à Fobo.

— Je regrette de ne pouvoir accepter mais je n'ai pas le droit d'être porteur d'une arme à feu.

Fobo lui adressa un regard étonné mais jugea apparemment indiscret de demander la raison de cet interdit. A moins qu'il ne fût trop fatigué.

— Bien, dit-il. Chalom, aloha, bons rêves, que Sigmen vienne vous visiter.

— Chalom, répondit Hal.

Il suivit des yeux le wog qui s'enfonçait dans l'obscurité. Il éprouvait pour lui une curieuse affection. Malgré son aspect non humain, Fobo l'attirait.

Quand ce dernier eut disparu, le Terrien se retourna et marcha vers la statue de la déesse-mère. Quand il eut atteint le piédestal, il aperçut la femme qui se glissait entre les ombres plaquées sur le sol par les ruines d'un édifice de trois étages. Il la suivit. Lorsqu'il parvint aux décombres, il la vit à nouveau à quelques jets de pierre devant lui, appuyée à un monolithe. Derrière elle, le lac miroitait sous la lune qui faisait naître des reflets d'argent sur ses eaux noires.

Il s'approcha d'elle.

— *Bô sfa, sou Yarrow,* dit-elle d'une voix basse et gutturale.

— *Bô sfa,* fit-il en écho, devinant que c'était là une formule de salutation.

— *Bô sfa,* répéta-t-elle. (Et elle ajouta :) *Abhu'umaigeitsi'i* — ce qui était manifestement la traduction en siddonite de cette expression.

Abhu'umaigeitsi'i signifiait à peu près « bonsoir ».

Hal ne put réprimer un hoquet de surprise.

8

Bien sûr! Voilà pourquoi les sonorités de cette langue lui avaient paru vaguement familières, pourquoi la cadence du discours de la femme évoquait de manière insistante une expérience relativement récente! Cela éveillait en lui le souvenir des recherches qu'il avait menées au sein de la minuscule communauté francophone de la Réserve de la Baie d'Hudson.

Bô sfa... Cela correspondait à *bonsoir.* En français.

Certes, l'idiome était, sur le plan de la linguistique, une forme de français très corrompu; néanmoins, son origine était indéniable. *Bô sfa...* Et les mots que la femme avait prononcés à la fenêtre... *Woufvayfvou.* Cela aurait pu être : *Levez-vous. Sou Yarrow?* Ce pouvait... ce devait être *monsieur Yarrow.* Le *m* initial était tombé, le son *eu* avait évolué en *ou...* C'était sûrement cela! Et ce français dégénéré avait subi d'autres changements. Intensification de l'aspiration. Disparition de la nasalisation. Mutation de la vocalisation. Substitution d'un coup de glotte au son *k* précédant une voyelle; transformation du *d* en *t*; du *l* en *w*; glissement du son *f* devenant un son intermédiaire entre *v* et *f*; métamorphose de la diphtongue *ou* en *f*. Quoi encore? Le sens des mots avait dû se modifier, des mots nouveaux avaient remplacé les anciens.

— *Bô sfa,* répéta Hal.

En disant cela, il songeait que la formule était bien mal appropriée aux circonstances. Deux êtres humains se rencontrent sur une planète située à une quarantaine d'années-lumière de la Terre, un homme qui n'a pas vu de femme depuis une année subjective, une femme qui de toute évidence se cache, peut-être la seule existant encore sur cette planète. Et tout ce qu'il trouvait à dire, c'était « bonsoir »!

Il fit un pas vers elle. Et, soudain, ses joues devinrent brûlantes tandis qu'il rougissait de confusion. Il faillit faire demi-tour et s'enfuir en courant. Sur la blancheur de la peau de la femme tranchaient seules les taches sombres de deux étroites bandelettes d'étoffe, l'une en travers de la poitrine, l'autre ceignant les hanches. Hal n'avait vu une chose pareille qu'une seule fois dans sa vie : sur une photographie illicite.

Mais il oublia presque son embarras lorsqu'il constata une chose pire encore : la femme avait du rouge à lèvres. Un frisson d'épouvante le secoua. Sa bouche avait l'écarlate de celle de la monstrueuse et abominable épouse du Régresseur.

Il lutta pour maîtriser le tremblement qui l'agitait. Il fallait réfléchir de façon rationnelle.

Cette femme ne pouvait pas être Anna Changer surgie d'un lointain passé pour le tenter sur cette planète, pour le détourner de la réelle foi. Anna Changer ne se serait pas exprimée dans ce français abâtardi. Et elle ne serait pas apparue à quelqu'un d'aussi insignifiant que Hal Yarrow. Ç'aurait été Macneff, le chef des Uriélites, qu'elle eût cherché à séduire.

Hal examina brièvement le problème posé par le rouge à lèvres. La coutume consistant à se maquiller avait disparu avec l'avènement du Précurseur. Aucune femme n'osait... non, ce n'était pas vrai. Seules les ressortissantes de l'Union Haïjacienne y avaient renoncé. Les femmes israéliennes, les Malaises, les Bantoues se fardaient. Mais tout le monde savait quel genre de créatures elles étaient.

Il avança encore d'un pas. Il fut alors assez près d'elle pour se rendre compte que c'était une couleur naturelle qui ne devait rien au fard. Un soulagement immense s'empara de lui. Elle ne pouvait pas être la compagne du Régresseur. Elle ne pouvait même pas être d'origine terrienne. C'était certainement une humanoïde ozagénienne. Des femmes aux lèvres rouges étaient représentées sur les fresques, dans les ruines, et Fobo lui avait précisé qu'elles venaient au monde ainsi pigmentées.

Mais une question en entraînait une autre. Pourquoi cette femme parlait-elle une langue terrestre — ou, plus exactement, une langue issue d'une langue terrestre? Langue qui, il était bien placé pour le savoir, n'existait pas sur Terre.

Puis il cessa de s'interroger. L'inconnue s'était accrochée à lui et, maladroitement, l'entourant de ses bras, il essayait de la consoler. En effet, elle pleurait tandis que les mots se bousculaient dans sa bouche sur un rythme si rapide qu'il ne parvenait plus à les saisir.

Il lui demanda de répéter plus lentement. Elle s'interrompit, la tête un peu penchée de côté, et se lissa les cheveux — geste qu'elle faisait, Hal devait l'apprendre plus tard, quand elle réfléchissait.

Elle reprit le fil de son discours en s'exprimant sur un ton plus posé. Mais, à mesure qu'elle parlait, son débit s'accélérait à nouveau et Hal observait, fasciné, ses lèvres ardentes et pleines palpiter comme deux créatures douées d'une vie indépendante.

Honteux de lui-même, il s'arracha à sa contemplation et essaya de fixer les yeux noirs de la femme mais, ne pouvant rencontrer leur regard, il concentra son attention sur sa joue.

Elle lui raconta son histoire de manière décousue, avec de nombreuses redites et force retours en arrière. Beaucoup de mots échappaient à Yarrow et il devait, pour en deviner la signification, la déduire du contexte. Il comprit néanmoins qu'elle s'appelait Jeannette Rastignac et qu'elle venait d'un plateau des montagnes tropicales du continent. Ses trois sœurs et elle-même étaient, croyait-elle, les dernières survivantes de son espèce. Une mission d'exploration wog l'avait capturée et emmenée à Siddo. Elle s'était évadée peu de temps auparavant et, depuis, se cachait dans les ruines et dans la forêt. Les affreuses créatures qui rôdaient la nuit dans les bois lui faisaient peur. Elle subsistait en mangeant des baies et des fruits sauvages ou en volant de la nourriture dans les fermes wogs. Elle avait assisté à l'accident. Oui, c'était bien ses yeux à elle qu'il avait vus et pris pour ceux de l'antilope.

— Comment connaissez-vous mon nom?

— Je vous ai suivis et je vous ai écoutés. Je ne comprenais pas ce que vous disiez mais j'ai remarqué que vous répondiez au nom de Hal Yarrow. Cela n'a pas été difficile. Mais ce qui me plongeait dans l'étonnement, c'était que vous et l'autre homme, vous ressembliez à mon père : il fallait donc bien que vous soyez des humains. Mais comme vous ne parliez pas sa langue, vous ne pouviez pas venir de sa planète. Et puis, j'ai brusquement compris. Il m'avait dit un jour que le peuple de *Woubôpfay* était issu d'une autre planète. Ce n'était plus alors qu'une simple affaire de logique : c'était de cette planète-là, berceau de la race humaine, que vous veniez.

— Je ne comprends absolument rien! Les ancêtres de votre père sont venus ici, sur Ozagen? Mais... mais l'histoire ozagénienne est muette sur cet événement! Fobo m'a dit...

— Vous n'y êtes pas! Mon père, Jean-Jacques Rastignac, était né sur une autre planète d'où il a rallié celle-ci. Mais ses ancêtres s'étaient établis sur cette planète après avoir émigré d'une autre plus lointaine.

— Des colons terriens, alors? Mais notre histoire à nous aussi est muette sur ce point. En tout cas, je n'ai eu connaissance d'aucun document qui fasse allusion à une émigration. Il aurait fallu que ce soit des Français. Et si c'était vrai, il y a plus de deux cents ans qu'ils auraient quitté la Terre pour cet autre système. Ce ne pouvait pas être des Canadiens français car il n'en est resté qu'un nombre infime après la Guerre Apocalyptique. C'était forcément des Français d'Europe. Or, le dernier Européen parlant encore français est mort il y a deux siècles et demi. En conséquence...

— Tout cela est déroutant, *nespfa*? Moi, je ne sais que ce que mon père m'a dit. Avec quelques habitants de *Woubôpfay*, il a découvert Ozagen à l'occasion d'un voyage d'exploration. Ils se sont posés sur ce continent, ses camarades ont été tués, il a fait la connaissance de ma mère...

— Votre mère? J'y vois de moins en moins clair, maugréa Hal.

— C'était une indigène. Son peuple avait toujours vécu ici. C'est lui qui a édifié cette cité. Il...

— Votre père était un Terrien? Et vous êtes le fruit de son union avec une humanoïde ozagénienne? Impossible! Il ne pouvait pas y avoir compatibilité entre les chromosomes de votre père et ceux de votre mère!

— Ça m'est bien égal, vos chromosomes, dit Jeannette d'une voix chevrotante. Vous me voyez là, devant vos yeux, non? J'existe, oui ou non? Mon père a couché avec ma mère et je suis là. Prouvez-moi le contraire.

— Mais ce n'est pas... je ne voulais pas dire... Il me semblait...

Il se tut, incapable de trouver ses mots.

Soudain elle se mit à sangloter. Elle noua très fort ses bras autour de son cou. Les mains de Hal étaient sur ses épaules et ces épaules étaient douces. Et il sentait la pression de ces seins de femme contre son buste.

— Sauvez-moi! dit-elle d'une voix entrecoupée. Je n'en peux plus. Il faut que vous m'emmeniez avec vous. Il faut que vous me sauviez.

Hal réfléchit rapidement. Il était impératif qu'il regagne les ruines avant le réveil de Pornsen. Et il ne la reverrait pas le lendemain car il était prévu qu'une vedette du *Gabriel* viendrait rechercher les deux voyageurs dans la matinée. Il n'avait que quelques minutes pour prendre une décision.

Subitement, un plan se dessina, issu d'une idée qui le hantait depuis longtemps et dont le germe était déjà dans son esprit avant même son départ de la Terre. Mais il n'avait pas eu le courage de la mettre à exécution. Or, la présence inattendue de cette femme était le coup de vent qui transformait l'étincelle en torche, le stimulant qui le poussait à sauter le pas — irrévocablement.

— Ecoutez-moi, Jeannette, dit-il impétueusement. Vous allez m'attendre ici tous les soirs. Tant pis pour les bêtes qui rôdent dans la nuit : il faut que vous restiez. Je ne sais pas quand je serai en mesure de prendre une vedette pour vous rejoindre. D'ici trois semaines, je pense. Mais même si je tarde, attendez-moi! Je viendrai. A ce moment, vous n'aurez plus rien à craindre. Au moins pendant un certain temps. Etes-vous capable de vous cacher... et d'attendre?

— *Fi,* répondit-elle en secouant affirmativement la tête.

9

Quinze jours plus tard, Yarrow quitta le *Gabriel* à bord d'un module et prit la direction de la cité en ruine. L'embarcation fuselée, étincelante sous la lune, tourna en rond au-dessus des édifices de marbre blanc avant de s'immobiliser. Le silence baignait la ville à l'éclat crayeux — vastes cubes de pierre, hexagones, cylindres, statues éparpillés comme des jouets qu'eût abandonnés un enfant avant d'aller s'endormir d'un sommeil éternel.

Hal mit pied à terre, regarda à droite et à gauche, puis se dirigea vers une gigantesque porte voûtée. Le faisceau de sa torche fouilla les ténèbres. La haute voûte et les murs renvoyaient l'écho de ses appels dans cette langue où il s'exprimait intuitivement :

— *Jeannette! Seh mfa. Tô nami, Hal Yarrow. Jeannette? Ouh ayt'u?*

Il descendit l'escalier large de cinquante mètres qui conduisait à la crypte royale. Le cône d'or de sa lampe cascadait de degré en degré. Soudain, il révéla la silhouette noire et blanche de la femme.

— Ha! s'écria-t-elle en levant la tête. Louée soit la Grande Mère! Je t'ai attendu toutes les nuits. Je savais que tu viendrais!

Des larmes frémissaient au bout de ses longs cils et ses lèvres vermeilles tremblaient comme si elle se retenait de sangloter. Hal aurait voulu la prendre dans ses bras et la consoler, mais il était déjà abominable de contempler une femme dévêtue; l'étreindre était impensable. C'était néanmoins à l'étreindre qu'il pensait.

Comme si elle devinait la raison de sa paralysie, Jeannette s'approcha de lui et appuya sa tête sur la poitrine de l'homme. Les bras de Hal se refermèrent sur elle. Il sentit ses muscles se contracter et une chaleur soudaine lui embrasa les reins.

Il dénoua l'étreinte de la femme et se détourna.

— Nous parlerons plus tard, dit-il. Nous n'avons pas de temps à perdre. Viens.

Elle le suivit en silence jusqu'au module. Au moment de monter, elle marqua une hésitation. D'un geste impatient, Hal lui fit signe de grimper et de s'asseoir à côté de lui.

— Tu vas croire que je suis lâche, murmura-t-elle. Mais je n'ai jamais été dans une machine volante. Quitter le sol...

Hal fut tellement surpris qu'il ne put que la dévisager. Il avait du mal à concevoir que quelqu'un puisse n'avoir aucune expérience des voyages aériens.

— Monte! ordonna-t-il sèchement.

Elle obéit et prit docilement place sur le siège du copilote. Mais elle ne pouvait s'empêcher de frissonner en contemplant les instruments qui l'entouraient de toutes parts.

Hal consulta sa montrophone.

— Dix minutes pour aller jusqu'à mon appartement. Une minute pour t'y déposer. Une demi-minute pour revenir à l'astronef. Un quart d'heure pour faire mon rapport sur ma mission d'espionnage parmi les wogs. Trente secondes pour retourner chez moi. Pas tout à fait une demi-heure en tout. Ce n'est pas trop mal. (Il se mit à rire :) J'aurais pu arriver deux jours plus tôt mais j'ai dû attendre que tous les modules autopilotés fussent en service. J'ai alors prétendu que j'étais pressé, que j'avais oublié des notes chez moi et qu'il fallait que j'aille les chercher. J'ai donc emprunté une des vedettes à commande manuelle utilisées pour les explorations extra-muros. Jamais l'officier de garde ne m'aurait autorisé à en prendre une si je n'avais pas eu ceci. (Et il tapota le grand insigne doré frappé du L hébreu qu'il portait sur le sein gauche :) Cela signifie que j'appartiens aux Elus. J'ai passé le Grand Test.

Jeannette, qui avait apparemment oublié sa terreur, examina le visage de Hal qu'éclairait la lueur du tableau de bord. Elle poussa un petit cri.

— Hal Yarrow! Qu'est-ce qu'on t'a fait?

Et, du bout des doigts, elle lui caressa la figure.

Les yeux de Yarrow étaient cernés d'un cercle violacé; il avait les joues creuses et l'on voyait un muscle se contracter spasmodiquement sous la peau; son front était couvert de pustules. Et la septuple marque du fouet ressortait sur sa pâleur.

— Tout le monde me traiterait de fou, fit-il. J'ai enfoncé ma tête dans la gueule du lion. Et il ne m'a pas décapité. Au contraire, c'est moi qui lui ai mordu la langue.

— Que veux-tu dire?

— Ecoute-moi... Tu ne t'étonnes pas de ne plus voir ce cafard de Pornsen collé à mes talons? Non? C'est que tu ne nous connais pas. Je n'avais qu'un seul moyen à ma disposition pour obtenir la permission de quitter mes quartiers réservés à bord de l'astronef et d'avoir un logement à Siddo. C'est-à-dire de ne pas cohabiter avec un *agi* à l'affût de mes moindres mouvements. Dans ces conditions, je n'aurais pas pu venir te chercher. Et je n'allais quand même pas t'abandonner dans la forêt!

Le doigt de Jeannette effleura la pommette de Hal. En temps ordinaire, il se serait rétracté car tout contact lui était insupportable. Mais il ne bougea pas.

— Hal, souffla-t-elle. *Mô shih.*

Il se sentit transporté. Mon chéri... Eh bien, pourquoi pas?

Pour dominer la griserie que la caresse lui avait communiquée, il enchaîna :

— Il n'y avait qu'une seule chose à faire : me porter volontaire pour le Grand Test.

— *Wou Tess? Es'ouse'eh?*

— L'unique moyen de ne plus avoir constamment un *agi* derrière le dos. Une fois qu'on l'a passé, on est pur, on est au-dessus de tout soupçon — théoriquement, tout au moins. La hiérarchie a été prise de court. Personne ne s'attend à ce qu'un savant — et moi encore moins — fasse une telle demande. Les Uriélites et les Uzzites doivent passer par là pour avoir de l'avancement...

— Les Uriélites? Les Uzzites?

— Ce que l'on appelait les prêtres et les policiers dans l'ancienne terminologie. Le Précurseur a adapté ces termes, dérivés de noms d'anges qu'on trouve dans le *Talmud,* à des fins religieuses et gouvernementales. Tu comprends?

— Non.

— Tu y verras plus clair dans quelque temps. Toujours est-il que seuls les hommes les plus zélés sollicitent d'être soumis au Grand Test. Il est vrai que beaucoup de gens y vont mais contraints et forcés. Les Uriélites doutaient de mes chances de succès mais la loi les obligeait à me laisser faire l'essai. D'aillleurs ils s'ennuient et ne demandaient qu'à se distraire. Ils ont des divertissements sadiques...

Au souvenir de sa récente expérience, Hal se rembrunit :

— Le lendemain, je reçus l'ordre de me présenter au laboratoire psychologique à 23 heures T.V. — c'est-à-dire Temps du Vaisseau. J'ai été dans ma cabine — Pornsen était sorti — et j'ai pris un flacon de « Nourriture des Prophètes » dans ma trousse. Ce flacon était censé contenir une poudre à base de peyotl, une drogue qu'utilisaient jadis les sorciers amérindiens.

— *Kfe?*

— Tais-toi et écoute-moi bien. Tu vas saisir l'essentiel. Tout le monde prend de la Nourriture des Prophètes pendant la Période de Purification. Celle-ci dure deux jours. On s'enferme dans une cellule, on jeûne, on prie, on se fait flageller par des fouets électriques et l'on a des visions provoquées par la faim et la Nourriture des Prophètes. On fait aussi des voyages subjectifs dans le temps.

— *Es'ouse'eh?*

— Cesse de m'interroger, je n'ai pas le temps de te faire un cours de dunnologie! Il m'a fallu travailler dix ans pour comprendre cette science et son traitement mathématique. Et, même après, il restait des questions que je me posais. Mais je ne les ai jamais formulées de peur d'être accusé d'incrédulité. J'en reviens à ce flacon. Il ne contenait pas de Nourriture des Prophètes mais un autre produit que j'avais secrètement préparé avant de quitter la Terre. C'est à cause de la possession de cette poudre que j'osais affronter le Grand Test, sans être aussi terrorisé que j'aurais dû. Et pourtant j'avais quand même peur, crois-moi!

— Je te crois. Tu as été brave. Tu as maîtrisé ta peur.

Hal s'empourpra. C'était la première fois de son existence que quelqu'un le complimentait.

— Un mois avant le départ de l'expédition, j'avais lu dans une revue scientifique que l'on avait réussi à synthétiser une certaine drogue capable de combattre le virus d'une maladie appelée la « gourme martienne ». Ce qui m'a intéressé fut la note accompagnant l'article. Elle était composée en petits caractères et en hébreu, ce qui montrait que le biochimiste qui en était l'auteur avait compris toute son importance.

— *Poukfe?*

— Pourquoi elle était rédigée en hébreu? Afin que la chose reste lettre morte pour les profanes, j'imagine. Si un pareil secret s'ébruitait... Bref, cette note, assez courte, disait que l'on avait découvert qu'un patient atteint de gourme martienne était temporairement invulnérable aux effets de l'hypnolipine et elle mettait en garde les Uriélites : il fallait s'assurer que les sujets passant le Grand Test fussent en bonne santé.

— J'ai du mal à te suivre.

— Bon... je vais parler plus lentement. L'hypnolipine est la plus courante des drogues de vérité. J'ai vu immédiatement les perspectives offertes par cette découverte. Le début de l'article décrivait comment on pouvait inoculer la gourme à des fins expérimentales. Le produit employé à cette fin n'était pas nommé mais il ne m'a pas fallu longtemps pour trouver dans d'autres revues sa désignation et les détails de fabrication. Si la vraie gourme martienne immunisait le patient contre l'hypnolipine, ai-je pensé, pourquoi la gourme artificielle n'aurait-elle pas le même résultat? J'ai donc préparé une dose du produit, j'ai enregistré une bande de questions d'ordre autobiographique que j'ai insérée dans un psychosondeur, je me suis fait une injection de gourme, puis une autre de sérum de vérité, et j'ai juré de répondre par des mensonges à toutes les questions du sondeur. Et je suis parvenu à mentir alors que je m'étais bourré de sérum de vérité!

— C'est une idée intelligente, murmura Jeannette en lui serrant le bras.

Hal gonfla son biceps. C'était pure gloriole

mais il voulait lui donner l'impression qu'il était fort.

— Mais non! Un aveugle aurait vu immédiatement tout le parti que l'on pouvait en tirer. En fait, je ne serais pas étonné que les Uzzites aient arrêté ce chimiste et ordonné qu'on change de sérum de vérité. Mais s'ils l'ont fait, ç'a été trop tard : quand le *Gabriel* a décollé, aucune nouvelle en ce sens ne nous était parvenue.

» La première journée du Grand Test n'a rien de terrible. J'ai subi un examen écrit et oral de sérialisme qui a duré vingt-quatre heures. Il portait sur les théories temporelles de Dunne et l'extension qu'en a donnée Sigmen. Fatigant mais facile.

» Le jour suivant, je me suis levé tôt, j'ai pris un bain et j'ai absorbé le contenu de mon flacon de prétendue Nourriture des Prophètes, puis, sans avoir déjeuné, j'ai gagné la Cellule de Purification. J'y suis resté enfermé deux jours, seul, allongé sur un lit. De temps en temps, je buvais un verre d'eau et m'injectais une dose de pseudo-sérum. Par intervalles, j'actionnais le fouet électrique. Plus on se flagelle, plus c'est méritoire. Je n'eus aucune vision. En revanche, j'eus une violente crise de gourme. Cela ne m'inquiétait pas. Si quelqu'un émettait des doutes, je pouvais toujours me prétendre allergique à la Nourriture des Prophètes. Cela arrive parfois.

Hal se pencha au hublot. Le module survolait une étendue de forêt givrée de lune au milieu de laquelle brillait, ici et là, le carré ou l'hexagone lumineux d'une ferme. Devant la vedette s'étirait la chaîne de hauts plateaux derrière lesquels se tapissait Siddo.

— A la fin de la période de purification, reprit-il, je me levai, m'habillai et mangeai le repas cérémoniel composé de sauterelles et de miel.

— Pouah!

— Ce n'est pas si mauvais que ça, les sauterelles, quand on a pris l'habitude d'en manger dès l'enfance.

— C'est délicieux, répliqua Jeannette. J'en ai mangé souvent. C'est le mélange avec le miel qui m'écœure.

Hal haussa les épaules.

— Je vais éteindre l'habitacle, annonça-t-il. Allonge-toi sur le plancher. Enfile cette cape et mets ce masque nocturne. Tu passeras pour un wog.

Docile, elle se leva. Avant d'éteindre, Yarrow jeta un coup d'œil dans sa direction. Jeannette, le buste fléchi, tendait le bras vers la cape et il ne put s'empêcher de voir ses seins opulents dont l'aréole était du même incarnat que ses lèvres. Il s'empressa de regarder ailleurs mais cette image demeurait dans sa mémoire. Elle le troublait prodigieusement. Il savait que, plus tard, il aurait honte de lui.

Mal à l'aise, il continua :

— Enfin, le hiérarque est entré : le Sandalphon Macneff, avec son escorte de théologiens et de dunnologistes — les parallélistes psychoneuraux, les interventionnistes, les substratumistes, les chronentropiciens, les pseudotemporalistes, les cosmobservateurs... J'étais assis dans un fauteuil, le corps hérissé de fils électriques, des aiguilles enfoncées dans les bras et dans le dos. On m'a administré l'hypnolipine. Les lumières se sont éteintes. On a récité des prières, on a lu des versets du *Talmud d'Occident* et des *Saintes Ecritures Corrigées*. Puis un projecteur serti dans le plafond s'est allumé, braqué sur l'Elohimètre...

— *Kfe?*

— Elohim veut dire Dieu en hébreu. Mètre signifie « instrument de mesure ». Comme ces appareils, précisa Hal en désignant le tableau de bord. L'Elohimètre est rond et il est énorme. Son aiguille est aussi longue que mon bras. Sur la circonférence du cadran sont inscrites des lettres hébraïques qui ont une signification pour ceux qui font passer des tests. La plupart des gens ne comprennent rien aux indications de l'aiguille. Mais, moi, je suis un *tchatout* et j'ai accès aux livres traitant de ces expériences.

— Tu connaissais les bonnes réponses, *nespfa?*

— Oui. Mais cela n'aurait servi à rien parce que l'hypnolipine ramène la vérité à la surface, la réalité de votre moi... Sauf, bien entendu, si l'on a la gourme martienne, qu'elle soit naturelle ou artificiellement inoculée.

Il émit un rire sans gaieté qui ressemblait à un aboiement.

— Quand tu es sous l'influence du sérum, tout ce que tu as fait et pensé de mal, tous tes doutes quant à la réalité des doctrines du Précurseur, toute la boue qui stagne au fond de tes souterrains mentaux, toute cette lie se libère et bouillonne. Mais je regardais l'aiguille — c'est comme de regarder le visage de Dieu, Jeannette, tu ne pourrais pas le contempler en face, n'est-ce pas? — et je mentais. Oh! je n'exagérais pas. Je ne faisais pas semblant d'être d'une pureté et d'une fidélité improbables. J'avouais des irréalités vénielles. Alors l'aiguille se déplaçait de quelques lettres. Mais quand il s'agissait de problèmes clés, je répondais comme si c'était une question de vie ou de mort. D'ailleurs c'était le cas. Et j'ai parlé de mes rêves, de mes voyages subjectifs dans le temps.

— Subjectifs?

— Oui. Tout le monde voyage subjectivement dans le temps mais seuls le Précurseur, son disciple favori, sa femme et quelques prophètes ont voyagé objectivement dans le temps. Toujours est-il que mes rêves étaient des chefs-d'œuvre sur le plan de la structure. Exactement ce que mes examinateurs souhaitaient entendre. Ma création suprême — je devrais dire mon mensonge suprême — a été de prétendre que le Précurseur en personne se manifesterait sur Ozagen et visiterait le Sandalphon Macneff. L'événement est censé avoir lieu dans un an.

— Oh! Hal... souffla Jeannette. Pourquoi leur as-tu raconté cela?

— Pour une raison très simple : l'expédition ne quittera pas cette planète avant que l'année soit écoulée. Impossible qu'ils laissent échapper l'occasion de voir Sigmen en chair et en os car ce serait faire de lui un menteur. Et de moi aussi. Grâce à cette blague colossale, vois-tu, nous sommes sûrs d'avoir au moins une année à nous...

— Et après?

— D'ici là, nous trouverons autre chose.

— Et tu as fait tout cela pour moi... murmura-t-elle d'une voix rauque.

Hal ne répondit pas. Il avait trop à faire avec

la manœuvre d'approche. Il fallait maintenir le module au niveau des toits. Des groupes d'édifices largement espacés défilaient à une allure vertigineuse. L'appareil allait si vite que Yarrow faillit dépasser la demeure de Fobo. Haute de trois étages, elle ressemblait à un château médiéval avec ses tours crénelées, ses gargouilles de pierre en forme de têtes de bêtes ou d'insectes qui montaient la garde du fond de leurs niches. Elle se dressait à une centaine de mètres des bâtiments les plus proches.

Jeannette appliqua sur son visage le masque nocturne terminé par un groin; la porte de la vedette s'ouvrit et ses deux passagers sautèrent sur le trottoir. Ils s'engouffrèrent dans la maison, traversèrent en hâte le vestibule et grimpèrent l'escalier. Au deuxième étage, ils s'arrêtèrent tandis que Hal cherchait sa clé. C'était un artisan wog qui avait fabriqué la serrure et un charpentier wog qui l'avait posée.

Il trouva la clé mais eut du mal à l'introduire dans la serrure. Il était pantelant lorsqu'il parvint à ouvrir la porte. Il poussa presque Jeannette qui avait ôté son masque.

— Attends, Hal, fit-elle en s'appuyant contre lui. N'as-tu pas oublié quelque chose?

— Oh! Précurseur! Qu'est-ce que j'ai oublié? C'est grave?

— Non, répondit-elle en souriant. Je pensais seulement que, selon la coutume terrienne, l'homme portait sa femme dans ses bras pour lui faire franchir le seuil. C'est ce que mon père m'a raconté.

Hal resta bouche bée. Sa femme! Elle était bien sûre d'elle!

Mais il n'avait pas le temps de discuter. Sans mot dire, il la souleva du sol et entra.

— Je reviendrai le plus tôt possible, dit-il quand il l'eut reposée. Si quelqu'un frappe ou essaye de rentrer, cache-toi dans le placard spécial dont je t'ai parlé. Ne fais pas de bruit et garde un silence total jusqu'à ce que tu sois sûre que c'est moi.

Elle se pendit à son cou et l'embrassa :

— *Mô shih*...

Hal était dépassé par la rapidité des événements. Il resta muet, ne lui rendit même pas son baiser.

Il fit demi-tour et referma la porte derrière lui. Pas assez vite, cependant, pour ne pas voir à la lumière de la lampe du hall un visage blanc auréolé d'un halo de cheveux noirs et que barrait le trait rouge de la bouche.

10

Ce fut une heure plus tard que Hal put quitter le *Gabriel*. Le Sandalphon l'avait retenu pour lui demander des détails sur sa prophétie concernant le retour de Sigmen. Ensuite, Yarrow avait dû dicter son rapport d'espionnage. Après quoi, il avait demandé qu'un module le reconduisît chez lui. Comme il se dirigeait vers l'aire de lancement, il avait rencontré Pornsen.

— *Chalom, abba,* fit-il, le sourire aux lèvres, en caressant le *lamech* dont était frappé son écusson.

L'épaule gauche de l'*agi,* toujours plus basse que la droite, s'affaissa encore un peu plus comme un drapeau qu'on amène en signe de reddition. Si le fouet devait parler, ce serait maintenant Yarrow qui le manierait.

Bombant le torse, Hal voulut poursuivre son chemin mais Pornsen l'arrêta :

— Une petite minute, mon fils. Repars-tu pour la cité?

— *Shib.*

— *Shib...* Eh bien, nous ferons la route ensemble. J'ai un appartement dans la même maison que toi. Au troisième, mitoyen de celui de Fobo.

Hal ouvrit la bouche pour protester mais la referma aussitôt. C'était le tour de Pornsen de sourire. L'*agi* fit demi-tour et Yarrow lui emboîta le pas, les lèvres serrées. Pornsen l'avait-il suivi? Avait-il été témoin de sa rencontre avec Jeannette? Non : si tel avait été le cas, Hal eût été arrêté sur-le-champ.

L'un des traits distinctifs de Pornsen était son esprit mesquin. Il savait que sa présence dans le même immeuble que Hal gâcherait à celui-ci sa joie d'être délivré de sa surveillance.

Ils prirent place dans le module et l'engin s'éleva sans bruit dans la nuit.

Arrivé à destination, Hal entra le premier. Briser ainsi l'étiquette et manifester son mépris envers Pornsen lui apportait une légère satisfaction. Au moment d'ouvrir sa porte, il s'arrêta. L'ange gardien continua son chemin. Une idée démoniaque germa dans la tête de Yarrow.

— *Abba,* appela-t-il.

L'*agi* se retourna :

— Oui?

— Vous ne voulez pas faire une visite domiciliaire pour le cas où une femme serait cachée chez moi?

Pornsen devint cramoisi. Il ferma les yeux et chancela.

— Yarrow! S'il existe un être irréel au monde, c'est bien toi! Je me moque de la place que tu occupes dans la hiérarchie! Tu... tu n'es pas *shib,* voilà tout! Tu as changé. Avant, tu étais si humble, si obéissant... A présent, tu es rempli d'arrogance.

— Il n'y a pas tellement longtemps, commença Hal d'une voix égale qui s'enflait peu à peu, vous affirmiez que j'étais un rebelle dès le jour de ma naissance. J'estime que j'ai toujours eu le comportement que l'on pouvait attendre de moi. Et j'estime que vous êtes un affreux et nocif petit mal blanc sur le derrière du Clergétat, un bubon qu'il faudrait faire crever!

Hal se tut, à bout de souffle. Son cœur battait à grands coups dans sa poitrine, ses oreilles bourdonnaient et sa vue s'obscurcissait.

Pornsen recula, levant la main dans un geste de protection.

— Hal Yarrow! Hal Yarrow! Maîtrise-toi! Précurseur, comme tu dois me haïr! Dire que, tout au long de ces années, je croyais que tu me chérissais, que j'étais ton *agi* bien-aimé comme tu étais mon pupille bien-aimé! Et tu me détestais! Pourquoi?

Hal avait recouvré son sang-froid.

— Vous parlez sérieusement?

— Bien sûr! Tout ce que je t'ai fait, c'était pour ton bien. Quand je te châtiais, mon cœur saignait. Mais je m'obstinais parce que c'était pour ton bien!

Hal se mit à rire d'un rire inextinguible tandis que Pornsen, blanc comme un linge, s'enfuyait en courant pour aller s'enfermer chez lui.

Hal s'adossa au chambranle. Ses jambes ne le portaient plus et il tremblait de la tête aux pieds. Jamais il n'aurait imaginé cela! Il était absolument convaincu que Pornsen voyait en lui un monstre répugnant, qu'il prenait un malin plaisir à l'humilier et à le fouetter. Il hocha la tête. L'*agi* était sans doute terrifié et cherchait à se justifier.

Il fit tourner la clé dans la serrure et entra, songeant qu'il devait à Jeannette d'avoir eu le courage de parler ainsi à Pornsen. Sans elle, il n'était qu'un lapin effrayé. En quelques heures, elle l'avait rendu capable de surmonter des années et des années de discipline rigide.

Il alluma la lumière. Au fond de la salle à manger, il pouvait voir la porte de la cuisine. Elle était close. On entendait un bruit de casseroles. Il renifla.

Une odeur de steak flottait dans l'appartement!

Il fronça les sourcils, toute sa joie étouffée. Il avait pourtant recommandé à Jeannette de rester cachée jusqu'à son retour. Que se serait-il passé s'il avait été un wog ou un Uzzite?

La porte de la cuisine grinça quand il la poussa. Jeannette lui tournait le dos. En entendant gémir les gonds qui manquaient d'huile, elle fit volte-face, lâchant sa spatule, et porta la main devant sa bouche grande ouverte.

Les mots grondeurs moururent sur les lèvres de Hal. S'il la réprimandait maintenant, il est probable qu'elle fondrait en larmes et ce serait une situation bien embarrassante.

— *Mô shou!* Tu m'as fait peur!

Il grommela quelque chose d'indistinct et entreprit de soulever le couvercle de la casserole.

— Tu vois, fit Jeannette d'une voix chevrotante comme si elle devinait sa colère et cherchait à se défendre, j'ai mené une existence si précaire, craignant toujours d'être capturée, que le moindre bruit m'affole. Je suis toujours prête à fuir.

— Quels menteurs, ces wogs! dit amèrement Hal. Ils m'ont bien dupé! Je les croyais doux et amicaux. Et ils t'ont gardée prisonnière pendant deux ans...

Elle avait retrouvé ses couleurs. Un sourire joua sur ses lèvres rouges.

— Oh! Ils n'étaient pas si cruels. En fait, ils étaient même gentils. Ils me donnaient tout ce que je voulais sauf la liberté. Ils redoutaient que je ne parvienne à rejoindre mes sœurs.

— Qu'est-ce que cela pouvait leur faire?

— Ils se disaient qu'il restait peut-être encore des mâles de ma race dans la jungle et que je risquais d'avoir des enfants. Ils ont terriblement peur que nous nous multipliions, que nous redevenions forts et que nous leur déclarions la guerre. Ils n'aiment pas la guerre.

— Ce sont d'étranges êtres. Mais comment espérer comprendre des gens qui ne connaissent pas la réalité du Précurseur? En outre, ils sont plus proches de l'insecte que de l'homme.

— Etre un homme ne signifie pas nécessairement être meilleur, répliqua Jeannette avec quelque rudesse dans la voix.

— Toutes les créatures de Dieu ont une place à elles dans l'univers mais la place de l'homme est partout, dans l'espace comme dans le temps, et il peut voyager dans toutes les directions temporelles. Et s'il doit évincer une autre créature pour conquérir la place que celle-ci occupe dans l'espace ou dans le temps, il ne fait qu'agir conformément à son droit imprescriptible.

— C'est une citation du Précurseur?

— Naturellement.

— Il a peut-être raison. Peut-être... Mais qu'est-ce que l'homme? Un être pensant. Un wog est aussi un être pensant. Donc, le wog est un homme. *Nespfa?*

— Ne discutons pas! Si on mangeait?

— Je ne discutais pas. (Elle sourit et ajouta :) Je vais mettre le couvert. Tu verras si je sais faire la cuisine. Et là, il n'y aura pas à discuter.

Quand tout fut prêt, ils s'assirent. Hal joignit les mains sur la table, inclina la tête et récita :

— Isaac Sigmen, toi qui marches devant l'homme, réel soit ton nom. Nous te remercions d'avoir actualisé ce présent béni qui fut jadis un futur incertain. Nous te remercions pour cette nourriture que tu as concrétisée à partir du potentiel. Nous espérons et savons que tu extermineras le Régresseur, que tu feras obstacle à ses tentatives perverses en vue de bouleverser le passé et de modifier le présent. Fais que cet univers soit stable et réel, conserve sa fluidité au temps. Les êtres réunis autour de cette table te remercient. Ainsi soit-il.

Il déplia ses mains et leva la tête vers Jeannette. Elle le contemplait fixement.

— Tu peux prier si tu le désires, dit-il, obéissant à une soudaine impulsion.

— Ne trouveras-tu pas ma prière irréelle?

Il hésita avant de répondre :

— Si. Je ne sais pas pourquoi je t'ai dit cela. Je ne demanderais certainement pas à un Israélien ou à un Bantou de prier. Je ne mangerais pas à leur table. Mais toi... tu es un cas spécial. Peut-être n'entres-tu dans aucune catégorie. Je... je ne sais pas.

— Merci, murmura-t-elle.

Du majeur de la main droite, elle traça un triangle dans l'air, leva les yeux et dit :

— Grande Mère, nous te remercions.

Hal s'efforça de ne pas montrer l'impression étrange qu'il éprouvait à entendre une incroyante. Il ouvrit le tiroir de la table et en sortit deux objets. Il en tendit un à Jeannette.

C'était une coiffure munie d'une large visière à laquelle était fixé un long voile. Il mit la sienne sur sa tête. Le voile dissimulait entièrement son visage.

— Fais comme moi, ordonna-t-il.

— Pourquoi?

— Pour que nous ne puissions pas nous voir pendant que nous mangeons, voyons! s'écria Hal avec impatience. Il y a assez d'espace entre l'étoffe et le visage pour manipuler la fourchette et la cuiller.

— Mais... pourquoi?

— Je viens de te le dire : pour que nous ne puissions pas nous voir manger.

— Cela te rendrait malade de me voir manger? demanda Jeannette en haussant le ton.

— Naturellement.

— Pourquoi... naturellement?

— Eh bien, c'est un acte... euh... je ne sais pas... si bestial...

— Tes compatriotes l'ont-ils toujours pensé? Ou n'ont-ils adopté cette attitude qu'après avoir découvert l'animalité de leur nature?

— Avant l'avènement du Précurseur, ils mangeaient la face nue et sans honte. Mais ils étaient alors dans l'état d'ignorance.

— Est-ce que les Israéliens et les Bantous se cachent aussi la figure en mangeant?

— Non.

Jeannette se leva.

— Je ne pourrais pas manger avec ça devant le visage. Je me sentirais humiliée.

— Mais... il faut que je mette mon voile de repas, balbutia Hal. Sinon, je ne pourrais pas garder ma nourriture.

Elle dit quelque chose dans une langue qu'il ne connaissait pas mais il devina à son timbre sa stupéfaction et sa mortification.

— Je suis désolé, Jeannette, mais c'est la règle et il faut la suivre.

Elle se rassit lentement et mit le voile.

— Comme tu voudras, Hal, mais je crois qu'il sera nécessaire d'en reparler plus tard. J'ai l'impression d'être isolée de toi. Il n'y a plus d'intimité. Cela nous empêche de partager les choses agréables que la vie nous offre.

— Ne fais pas de bruit en mangeant, je te prie. Et si tu parles, prends soin d'avaler d'abord ce que tu as dans la bouche. Quand un wog mangeait en ma présence, je tournais la tête mais je ne pouvais pas me boucher les oreilles.

— J'essaierai de ne pas te rendre malade. Mais je voudrais encore te poser une question. Comment faites-vous pour empêcher les enfants de parler en mangeant?

— Ils ne mangent jamais avec les adultes. Ou, plus exactement, les seuls adultes qui sont à la même table qu'eux sont des *agis* et ils leur apprennent vite les bonnes manières.

— Oh!

Le silence régna pendant tout le repas. On n'entendait que l'inévitable tintement des couverts contre les assiettes. Hal retira son voile quand il eut terminé.

— Ah! Jeannette, tu es une merveilleuse cuisinière! C'était si bon que j'avais presque l'impression de commettre un péché en me régalant de la sorte. Je n'ai jamais goûté un potage aussi savoureux. La salade était un chef-d'œuvre. Et le steak était la perfection même.

Jeannette s'était la première dépouillée de son voile. Elle avait à peine touché au contenu de son assiette. Néanmoins, elle sourit.

— Ma tante m'a donné une bonne éducation. Chez nous, on apprend aux filles dès leur plus jeune âge à faire tout ce qui peut donner du plaisir à un homme. Tout...

Il rit d'un petit rire nerveux et, pour dissimuler sa confusion, alluma une cigarette. Jeannette demanda à en essayer une.

— Puisque je brûle, je peux aussi bien fumer, pouffa-t-elle.

Hal hésita sur la signification exacte de ces mots mais il sourit pour lui montrer qu'il ne lui en voulait pas de l'incident du voile.

Jeannette alluma sa cigarette, aspira une bouffée, toussa et courut chercher un verre d'eau. Elle revint, les larmes aux yeux, mais reprit sa cigarette. Bientôt, elle fumait comme un vétéran.

— Tu as d'extraordinaires facultés de mimétisme, s'écria Hal. J'ai observé ta façon de copier mes gestes et d'imiter ma manière de parler. Sais-tu que, lorsque tu parles américain, ta prononciation est aussi bonne que la mienne?

— Si tu me montres quelque chose, tu auras rarement à recommencer. Mais je ne prétends pas être supérieurement intelligente. Comme tu dis, c'est un instinct d'imitation. Ce qui ne m'empêche pas d'être capable d'avoir une idée originale.

Elle entreprit d'évoquer sur un ton léger et badin sa vie avec son père, ses sœurs et ses tantes. Sa gaieté paraissait sincère; apparemment, ce n'était pas pour dissimuler la contrariété que lui avait causée l'affaire du voile qu'elle bavardait de la sorte. Quand elle riait, ses sourcils se soulevaient. Des sourcils que Hal trouvait fascinants. Ils ressemblaient à des accolades. Leur mince ligne sombre partant de la racine du nez faisait un angle droit, se recourbait doucement audessus de l'orbite et se terminait par une sorte de petite boucle.

Quand Yarrow lui demanda si c'était là une caractéristique physique propre à la race de sa mère, elle répondit en s'esclaffant que c'était au contraire de son père le Terrien qu'elle avait hérité ces sourcils.

Son rire était rauque et mélodieux. Il n'irritait pas Yarrow comme celui de son ex-femme. Il le berçait et le rendait euphorique. Et chaque fois qu'il devenait d'une humeur plus sombre, à l'idée que cet état de choses n'aurait qu'un temps, Jeannette lançait une saillie qui lui rendait sa joie. Elle avait l'air de deviner exactement ce dont il avait besoin pour chasser ses idées noires ou stimuler sa joie de vivre.

Après une heure de conversation, Hal se leva

pour aller dans la cuisine. En passant devant Jeannette, mû par une impulsion irrésistible, il caressa l'épaisse et sombre chevelure de la jeune femme. Elle leva son visage vers le sien en fermant les yeux comme si elle attendait d'être embrassée. Mais il ne put s'y résoudre. Il désirait lui donner ce baiser mais il était incapable de prendre les devants.

— Il faut faire la vaisselle, dit-il. Si quelqu'un venait me rendre visite à l'improviste, il serait fâcheux qu'il voie la table dressée pour deux. Encore un détail auquel tu devras prendre garde : cache les cigarettes et aère fréquemment les pièces. Maintenant que j'ai passé le Grand Test, je suis censé avoir renoncé aux irréalités vénielles comme le tabac.

Si Jeannette était déçue, elle n'en laissa rien paraître. Elle lava les assiettes avec zèle. Tout en fumant, Hal songeait aux moyens de se procurer du tabac. Puisque Jeannette paraissait apprécier les cigarettes, il ne supportait pas qu'elle en soit privée. Un des hommes du *Gabriel* avec qui il entretenait de bonnes relations ne fumait pas et revendait ses rations. Peut-être un wog pourrait-il servir d'intermédiaire entre Hal et lui. Fobo, par exemple. Mais il faudrait que la transaction s'effectuât avec précaution. Valait-il la peine d'en courir le risque?...

Hal poussa un soupir. La présence de Jeannette à ses côtés était merveilleuse mais commençait à lui compliquer l'existence. Voilà qu'il était en train d'envisager un acte criminel comme la chose la plus naturelle du monde!

Il leva la tête. Elle était devant lui, les mains sur les hanches, l'œil pétillant.

— A présent, *mô namou*, si nous avions quelque chose à boire, la soirée serait parfaite.

Il se leva.

— Pardon. J'oubliais que tu ne dois pas savoir faire le café.

— Non! pas de café... c'est à l'alcool que je pensais.

— De l'alcool? Grand Sigmen, nous ne *buvons* pas, mon petit! C'est une des coutumes les plus répugn...

Il n'acheva pas : c'eût été vexant pour Jeannette. Après tout, ce n'était pas sa faute. Elle était issue d'une culture différente. A strictement parler, elle n'était même pas humaine.

— Excuse-moi. Boire de l'alcool est interdit par la religion.

Les yeux de Jeannette s'emplirent de larmes, un tremblement agita ses épaules; elle se cacha le visage dans les mains et éclata en sanglots :

— Tu ne comprends pas! Cela m'est nécessaire. Indispensable.

— Mais pourquoi?

— Parce que, pendant ma captivité, je m'ennuyais beaucoup, répondit-elle sans le regarder. Mes geôliers me donnaient de l'alcool. Cela m'aidait à passer le temps et j'oubliais ma nostalgie. Sans m'en apercevoir, je... je suis devenue alcoolique.

— Ces sales insectes! gronda Hal en serrant les poings.

— Voilà pourquoi il faut que je boive. Alors je me sens mieux. Plus tard, peut-être, j'essayerai de m'en passer. Je suis sûre d'y parvenir si tu m'aides.

Hal leva les bras dans un geste d'impuissance :

— Mais... mais où veux-tu que je trouve de l'alcool?

L'idée de se livrer à un trafic de ce genre lui donnait la nausée mais, si Jeannette avait vraiment besoin de ce breuvage, il ferait l'impossible pour le lui procurer.

— Peut-être Fobo pourra-t-il t'en fournir? s'empressa-t-elle de suggérer.

— Mais Fobo a participé à ta capture. Ne se doutera-t-il pas de quelque chose si je viens lui demander de l'acool?

— Il pensera que c'est pour toi.

— Soit, fit Hal d'un ton boudeur — et, en même temps, il se reprochait sa hargne. Mais cela me fait mal qu'on puisse croire que je bois! Même un wog.

Elle s'approcha de lui et ce fut... comme si elle le submergeait. Il sentit la douce pression de ses lèvres et le corps de la jeune femme semblait vouloir s'enfoncer dans le sien. Il la garda étroitement serrée contre lui pendant une minute, puis s'écarta.

— Faut-il vraiment que je te laisse? dit-il dans un souffle. Ne peux-tu te passer d'alcool?... Rien que ce soir? Demain, je t'en apporterai.

— Oh! *mô namou,* comme je le désirerais! répondit-elle d'une voix brisée. Mais je ne peux pas. Crois-moi, c'est la vérité — je ne peux pas...

— Je te crois.

Il la lâcha et gagna la pièce de devant. Il prit dans le placard un capuchon, une cape et un masque nocturne. Il baissait la tête et courbait les épaules. Tout serait gâché. Il serait incapable de supporter l'odeur de l'alcool; elle se demanderait probablement la raison de sa froideur et il n'aurait pas le courage de la blesser en lui avouant le dégoût qu'elle lui inspirait. Et son silence serait plus outrageant encore qu'une franche explication.

Avant qu'il parte, elle baisa à nouveau ses lèvres maintenant glacées.

— Dépêche-toi! Je t'attends.

— Oui...

11

Hal Yarrow frappa légèrement à la porte de Fobo. Celle-ci ne s'ouvrit pas tout de suite, ce qui n'avait rien d'étonnant car il se menait grand tapage à l'intérieur. Il frappa plus fort, à contre-cœur car il ne voulait pas attirer l'attention de Pornsen qui habitait en face. Ce n'aurait pas été le moment que l'*agi* sache qu'il se rendait chez l'empathiste. Certes, Hal avait parfaitement le droit de rendre visite à un wog sans être accompagné d'un ange gardien mais il n'avait pas la conscience tranquille à cause de Jeannette. Il soupçonnait d'ailleurs Pornsen d'être tout à fait capable de s'introduire chez lui en son absence. Et si l'*agi* pénétrait dans son *puka*, ce serait la catastrophe irrémédiable.

Heureusement, Pornsen n'était pas très courageux. En entrant clandestinement chez son pupille, il courrait le risque d'être découvert et Hal, maintenant qu'il avait le titre de laméchien, disposait d'assez d'autorité pour faire tomber l'*agi* en disgrâce, le faire rétrograder, voire faire de lui un candidat à l'Enfer.

A toutes fins utiles, avant de partir, il avait dit à Jeannette de se cacher dans le cagibi dissimulé à l'intérieur même du placard et qu'un menuisier wog avait fabriqué pour lui. La porte de ce minuscule réduit était si étroitement ajustée qu'il eût fallu un examen approfondi pour la détecter.

Hal frappa une dernière fois avec impatience et le battant s'ouvrit enfin. Abasa, la femme de Fobo, lui sourit.

— Hal Yarrow! Soyez le bienvenu, dit-elle en siddonite. Pourquoi n'êtes-vous pas entré directement? Vous n'aviez pas besoin de frapper.

— Ce n'était pas possible, répondit Hal, scandalisé.

— Pourquoi donc?

— Chez nous, cela ne se fait pas.

Abasa haussa les épaules mais elle était trop bien élevée pour faire des commentaires :

— Entrez donc... Je ne vous mordrai pas!

Hal obéit et, avant de refermer, il jeta un coup d'œil derrière lui. La porte de Pornsen était toujours close.

Les murs d'une vaste salle renvoyaient à tous les échos les hurlements d'une douzaine de petits wogs en train de s'ébattre. Abasa entraîna le Terrien vers le fond où s'ouvrait un vestibule. Trois femmes wogs — des amies d'Abasa selon toute évidence — cousaient et bavardaient dans un coin, des verres devant elles. Hal ne comprit pas les quelques mots qu'il surprit au passage; quand elles étaient entre elles, les femmes wogs employaient un vocabulaire exclusivement réservé à leur sexe. Toutefois, d'après ce que savait

Hal, cette coutume disparaissait rapidement du fait du développement de l'urbanisation. Les filles d'Abasa n'apprenaient même pas le langage féminin.

Abasa ouvrit une porte :

— Fobo, mon cher, Hal Yarrow le Sans-Nez est là!

En s'entendant désigner de cette manière, Hal sourit. La première fois qu'il avait eu vent de ce sobriquet, il s'était fâché. Mais il avait fini par apprendre que cette expression n'avait rien d'offensant dans la bouche des wogs. Fobo lui-même ne voyait aucun inconvénient à user de cette formule en la présence de son ami terrien.

Fobo sortit, vêtu en tout et pour tout d'un pagne écarlate. Une fois de plus, Hal s'étonna de l'étrange structure du torse de Ozagéniens, de leur poitrine plate, dépourvue de mamelons et de la façon curieuse dont les omoplates se rattachaient à la crête ventrale.

— Soyez le bienvenu, Hal, dit Fobo en siddonite. (Et il enchaîna en américain :) Chalom. Quel bon vent vous amène? Asseyez-vous; je vous aurais bien proposé un verre mais je suis complètement à court.

Hal pensait bien que ses traits ne révéleraient pas sa consternation mais Fobo dut le deviner.

— Vous êtes contrarié?

Yarrow jugea préférable de ne pas perdre de temps :

— Oui. Où puis-je trouver une petite bouteille de liqueur?

— Vous avez besoin d'alcool? *Shib*. Venez avec moi. La taverne la plus proche est un bouge de bas étage. Vous allez avoir l'occasion de voir de près un aspect de la société siddonite que vous connaissez sans doute fort mal.

Le wog ouvrit un placard d'où il sortit une pile de vêtements. Il boucla sur sa bedaine ventripotente une large sangle de cuir à laquelle était fixée une courte épée dans son fourreau, glissa un pistolet dans cette ceinture, posa sur ses épaules une longue cape verte ornée de dentelle noire et coiffa une calotte vert sombre surmontée de deux antennes artificielles, symbole du clan de la Sauterelle. Jadis, les wogs appartenant à ce clan attachaient la plus haute importance à ce couvre-chef qu'ils portaient toujours quand ils sortaient. A présent, le système clanique avait dégénéré et n'était plus qu'une fonction sociale mineure, quoique son importance fût encore grande sur le plan de la politique.

— J'ai besoin de boire quelque chose de fort, dit Fobo. Dans l'exercice de mon métier d'empathiste, voyez-vous, j'ai souvent à traiter des cas de dépressions nerveuses. Je soigne un très grand nombre de névropathes et de psychopathes et suis obligé de me mettre dans leur peau, si j'ose m'exprimer ainsi, d'éprouver les émotions qu'eux-mêmes ressentent. Alors je prends du champ et suis en mesure d'étudier objectivement leurs problèmes. Grâce à ceci... (il se tapota le crâne) et à cela... (il se tapota le nez) je deviens mon patient, puis je redeviens moi-même et cela me permet parfois de le guérir.

Hal savait que, en faisant allusion à son nez, Fobo pensait aux deux antennes ultra-sensibles dissimulées à l'intérieur de cet appendice démesuré, qui étaient capables de déceler les caractéristiques des émotions du patient. L'odeur de la transpiration d'un wog était plus éloquente encore que son expression faciale.

Le Terrien et le wog regagnèrent la grande salle. Fobo dit à Abasa où il allait et tous deux se frottèrent affectueusement le nez. Puis l'Ozagénien tendit à Hal un masque de wog et enfila le sien. Hal ne posa pas de question. Il savait que c'était la coutume : tous les Siddonites portaient des masques nocturnes. Ceux-ci répondaient à une fin utilitaire : ils protégeaient les wogs de la morsure des insectes qui étaient nombreux. Mais ils avaient également une fonction sociale que Fobo entreprit d'expliquer à Yarrow.

— Les Siddonites de la bonne société se masquent quand ils ont envie de... comment dites-vous dans votre langue quand quelqu'un de bien se rend dans les mauvais lieux pour se divertir?

— On dit qu'il s'encanaille.

— Voilà! Généralement, je ne me masque pas lorsque je vais dans un tripot car je n'y vais pas pour me moquer des gens mais pour m'amuser avec eux. Seulement, ce soir, dans la mesure où vous êtes... pardonnez-moi : un Sans-Nez... je pense que pour vous un masque sera plus reposant.

— Pourquoi avez-vous pris ce pistolet et cette épée? s'enquit Hal quand ils furent dans la rue.

— Oh! il n'y a pas énormément de danger mais mieux vaut être prudent. Vous rappelez-vous ce que je vous disais lorsque nous avons visité les ruines? Les insectes de cette planète se sont infiniment plus développés et spécialisés que ceux de votre monde, à en croire vos descriptions. Vous connaissez les parasites mimétiques qui infestent les colonies de fourmis? Les coléoptères qui ressemblent à des fourmis et en profitent pour jouer les pillards? Les fourmis pygmées qui vivent au sein des fourmilières pour dévaster les œufs et massacrer les jeunes? Eh bien, il y a dans nos villes des parasites analogues qui s'attaquent à nous. Des êtres qui se cachent dans les égouts, dans les caves, dans les arbres creux, dans des trous et qui rôdent dans la nuit. C'est pourquoi nous ne laissons pas les enfants sortir le soir. Les rues sont bien éclairées et surveillées mais elles sont souvent séparées par des étendues boisées...

Ils s'engagèrent dans une allée qui s'enfonçait dans un parc, éclairée par de hauts becs de gaz. Siddo en était encore à la période de transition entre les anciennes formes d'énergie et l'électricité : il était fréquent qu'une rue soit illuminée par des lampadaires électriques et la suivante équipée de becs de gaz. A la sortie du parc, d'autres témoignages de cette cohabitation de l'ancien et du nouveau, caractéristique de la culture ozagénienne, sautèrent aux yeux de Hal : des cabriolets tirés par des animaux à sabots appartenant au même sous-embranchement que Fobo voisinaient avec des véhicules à roues mus par la vapeur...

Les bâtiments étaient si espacés qu'il était difficile de croire que l'on se trouvait dans une métropole. Dommage, songea Hal. Les wogs avaient plus d'espace vital qu'il ne leur en fallait. Tout au moins pour le moment, mais — c'était inévitable du fait de l'explosion démographique — un jour viendrait où les édifices s'empileraient sur ces étendues vides. Ozagen deviendrait aussi surpeuplée que la Terre.

Il rectifia aussitôt : surpeuplée, oui, mais pas par les wogglebugs. Si l'expédition menait son plan à bien, les humains, membres de l'Union, remplaceraient les indigènes.

Son cœur se serra et il songea — pensée irréaliste, bien sûr! — qu'un tel événement était atrocement inique. De quel droit des êtres d'une autre planète étaient-ils venus ici dans l'intention de massacrer impitoyablement tous les habitants de ce monde?

C'était juste parce que le Précurseur l'avait dit :

— Ah! nous y voici, annonça Fobo.

Il désigna du doigt une sorte de ziggourat haute de trois étages avec des arceaux descendant jusqu'au sol. Ces arcades comportaient des marches à l'intention des résidents des étages supérieurs. Comme beaucoup d'anciennes constructions siddonites, celle-ci ne possédait pas d'escaliers intérieurs. Les locataires rentraient directement chez eux en passant par la rue.

Bien que vieille, la taverne installée au premier avait une grande enseigne lumineuse fixée au-dessus de l'entrée. Fobo traduisit les idéogrammes : « *Chez Duroku — la Vallée Heureuse.* »

Le bar était installé en sous-sol. Hal s'arrêta un instant, surpris par la brutale odeur d'alcool qui l'assaillit, puis il suivit le wog.

Une musique aux accords bizarres emplissait l'établissement, mêlée à la rumeur bruyante des conversations. Des wogs s'entassaient autour des tables hexagonales et se penchaient au-dessus des hautes chopes pour hurler à l'oreille de leurs interlocuteurs. Quelqu'un fit un geste inconsidéré et un pichet vola en éclats. Une serveuse se précipita avec une serviette pour réparer les dégâts. Quand elle se pencha, un wogglebug jovial et très gras lui assena une claque retentissante sur la croupe. Ses commensaux rugirent d'allégresse, ouvrant tout grand le V double de leurs lèvres. La serveuse s'esclaffa à son tour et lança au wog ventripotent une remarque qui devait être spirituelle à en juger par l'hilarité de ses voisins.

Cinq musiciens installés sur une estrade au fond de la salle s'en donnaient à cœur joie. Hal remarqua trois instruments d'apparence terrienne : une harpe, une trompette et un tambour. Le quatrième musicien, quant à lui, se contentait de fouailler de temps en temps au moyen d'une longue baguette une sorte de criquet de la taille d'un lapin enfermé dans une cage. Chaque fois qu'il était ainsi sollicité, l'insecte frottait ses élytres contre ses pattes arrière en produisant un sonore grésillement quatre fois repris, suivi d'une longue stridulation aiguë qui râpait les nerfs. Le cinquième exécutant actionnait un soufflet relié à une sorte de sac hérissé de trois tuyaux courts et étroits d'où sortaient des couinements grêles.

— N'allez pas croire que ce tintamarre soit représentatif de notre musique, dit Fobo en criant pour dominer le tapage. C'est de la mauvaise musiquette populaire. Un de ces jours, je vous emmènerai au concert symphonique. Là, vous entendrez de la grande musique.

Le wog conduisit son hôte vers l'un des boxes protégés par un rideau. Ils s'assirent et une serveuse s'approcha. La sueur perlait sur son front et coulait le long de son nez tubulaire.

— Gardez votre masque jusqu'à ce que nous

soyons servis, Hal. Ensuite, nous tirerons les rideaux.

La serveuse prononça quelques mots en wog. Fobo traduisit :

— Bière, vin ou jus de coléo. Personnellement, je ne veux ni bière ni vin. C'est bon pour les femmes et les enfants.

Hal ne voulait pas perdre la face.

— Je ferai comme vous, fit-il avec une assurance qu'il était loin d'éprouver.

Fobo leva deux doigts. La serveuse disparut et revint bientôt avec deux chopes. Le wog approcha son nez du récipient et huma le breuvage. Fermant les yeux avec extase, il leva la chope et but longuement. Quand il la reposa, il rota copieusement et fit claquer sa langue.

— C'est aussi bon quand ça remonte que quand ça descend, déclara-t-il.

Hal se sentait l'estomac soulevé. Combien de fois, quand il était enfant, avait-il reçu le fouet pour s'être permis des éructations interdites!

— Mais vous ne buvez pas! s'exclama Fobo.

Yarrow murmura misérablement : « *Damif'ino* » (c'est-à-dire en siddonite : j'espère ne pas vous avoir vexé) et il but.

Une nappe de feu coula dans son gosier comme de la lave glissant sur les pentes d'un volcan. Et Hal, comme un volcan, entra en éruption. Il se mit à tousser et à haleter; la liqueur jaillit lors de sa bouche; il ferma ses yeux où roulaient des grosses larmes.

— C'est bon, n'est-ce pas? demanda calmement Fobo.

— Oui... Très bon, répondit Yarrow d'une voix éraillée.

Il avait l'impression d'avoir la gorge carbonisée. Bien qu'il eût recraché presque tout ce qu'il avait bu, un peu de liquide avait dû atteindre son estomac, car il avait l'impression qu'une marée brûlante montait et refluait dans son ventre comme si elle subissait l'attraction d'une invisible lune tournoyant à l'intérieur de sa tête, une lune énorme et boursouflée qui lui heurtait le crâne au passage.

— Encore un autre?

Cette fois, Hal s'en tira mieux. Extérieurement, tout au moins, car il ne toussa ni ne cracha. Mais les choses se passèrent moins paisiblement à l'intérieur. Ses intestins se tordaient convulsivement et il était sûr qu'il allait manquer aux convenances. Enfin, après avoir respiré profondément à plusieurs reprises, il eut le sentiment que le breuvage ne ferait pas marche arrière. Il émit un borborygme inquiétant. La lave était déjà parvenue à son gosier quand il réussit à lui barrer la route.

— Pardonnez-moi, fit-il en devenant cramoisi.

— Pourquoi faut-il que je vous pardonne? demanda Fobo.

Hal trouva que cette réplique était l'une des plus cocasses qu'il eût jamais entendues. Il s'esclaffa et porta derechef la chope à ses lèvres. S'il pouvait la vider rapidement et acheter ensuite un flacon à l'intention de Jeannette, il rentrerait encore assez tôt pour que la nuit ne fût pas totalement gâchée.

La chope n'était plus qu'à moitié pleine, maintenant. Hal entendit vaguement Fobo (sa voix semblait venir du fond d'un long tunnel) lui demander s'il avait envie de voir où était fabriqué cet alcool.

— *Shib*, murmura-t-il.

Il se leva mais dut s'appuyer sur la table pour conserver son équilibre. Le wog lui conseilla de remettre son masque :

— Les Terriens sont encore des objets de curiosité. Ni vous ni moi n'avons envie de passer la soirée à répondre aux questions ou à boire des consommations qu'il nous sera impossible de refuser.

Ils se frayèrent un chemin à travers la foule bruyante et entrèrent dans une arrière-salle. Fobo fit un grand geste :

— Regardez! C'est le *kesarubu*!

Hal leva les yeux. Si le breuvage qu'il avait ingurgité n'avait supprimé quelques-unes de ses inhibitions, il aurait éprouvé une intense répulsion. Mais il ne ressentait que de la curiosité.

La créature installée sur une chaise à côté de la table aurait pu, à première vue, passer pour un wogglebug : même duvet blondasse, même caboche dénudée, même nez, même bouche en forme de V. Elle avait également le corps replet et l'énorme panse de beaucoup d'Ozagéniens.

Mais quand on la regardait de plus près, on voyait sous l'éclat cru de l'ampoule qui brillait au plafond qu'elle était enfermée dans une carapace chitineuse et coriace colorée en vert pâle. Bien qu'elle portât une longue cape, ses bras et ses jambes étaient nus; au lieu d'être recouverts d'une peau lisse, ses membres étaient composés de segments annulaires emboîtés les uns dans les autres comme les éléments d'un tuyau de poêle.

Fobo s'adressa à elle. Yarrow comprenait quelques-uns des mots qu'il prononçait et il devinait les autres.

— Ducko, voici M. Yarrow. Dis bonsoir à M. Yarrow, Ducko.

Les gros yeux bleus de Ducko se posèrent sur Hal. Rien ne les distinguait de ceux de n'importe quel wog. Pourtant ils avaient quelque chose d'inhumain — de manifestement insectoïde.

— Bonsoir, monsieur Yarrow, fit Ducko d'une voix de perroquet.

— Dis à M. Yarrow qu'il fait une belle nuit.

— Il fait une belle nuit, monsieur Yarrow.

— Dis-lui que Ducko est heureux de le voir.

— Ducko est heureux de vous voir.

— Et de le servir.

— Et de vous servir.

— Montre à M. Yarrow comment tu fais le jus de coléo.

Un wog debout à côté de la table consulta sa montre et dit rapidement quelque chose en ozagénien. Fobo traduisit :

— Ducko a mangé il y a une demi-heure. Il devrait être prêt. Ces êtres font un gros repas toutes les demi-heures et ensuite ils... regardez!

Duroku, le patron, posa sur la table un énorme bol en terre au-dessus duquel Ducko se pencha jusqu'à ce que le petit tube, long d'un centimètre et demi, qui sortait de sa poitrine se trouvât à la verticale du récipient. C'était probablement un méat trachéal modifié, songea Hal. Un liquide transparent se mit à couler. Quand le bol fut rempli, Duroku s'en empara. Un Ozagénien sortit de la cuisine en portant un plat (Yarrow apprendrait par la suite qu'il contenait des spaghetti au sucre) qu'il posa devant Ducko qui, armé d'une cuiller de bonne taille, se mit incontinent à manger.

Bien que son cerveau fonctionnât au ralenti, Hal comprit à quoi il venait d'assister. Fébrilement, il chercha un coin où vomir. Fobo lui agita un verre sous le nez. Faute de mieux, Yarrow but quelques gorgées. A sa grande surprise, le liquide embrasé lui remit l'estomac en place. A moins qu'il n'eût consumé la marée prête à déborder.

— Exactement, dit Fobo en réponse à la question que Hal lui avait posée d'une voix étranglée. Ces créatures sont un parfait exemple de mimétisme parasitaire. Bien qu'insectoïdes, elles nous ressemblent beaucoup. Elles vivent parmi nous et, en échange du vivre et du couvert, nous fournissent une boisson alcoolisée bon marché. Vous avez remarqué l'abdomen démesuré? C'est là qu'elles fabriquent rapidement l'alcool qu'elles restituent ensuite sans difficulté. Un procédé simple et naturel, n'est-ce pas? Duroku en a deux autres qui travaillent pour lui mais c'est leur jour de congé et elles sont sans doute en train de s'énivrer dans une taverne voisine. Comme des marins en bordée...

Hal était à bout de force :

— Peut-on acheter une bouteille et s'en aller? Je ne me sens pas dans mon assiette. A cause de cette atmosphère confinée, sans doute. Ou de quelque chose...

— Probablement de quelque chose d'autre, murmura Fobo qui pria une serveuse d'aller lui chercher deux bouteilles.

A ce moment, un wog de petite taille, le visage masqué et enveloppé d'une cape bleue, fit son entrée. Il s'immobilisa sur le seuil, jambes écartées (il était chaussé de bottes noires), le groin de son masque oscillant à la manière du périscope d'un sous-marin en quête d'une proie.

Hal poussa une exclamation étouffée :

— Pornsen! Je distingue son uniforme sous la cape!

— *Shib*, répliqua Fobo. Ses épaules inégales et ses bottes noires suffisent à le trahir. Qui s'imagine-t-il pouvoir tromper?

— Il faut absolument que je disparaisse, dit Yarrow, fébrile.

La serveuse revint avec les bouteilles que Fobo paya. Il en tendit une à Hal qui, d'un geste machinal, la glissa dans la poche intérieure de sa cape.

L'*agi* ne devait pas les avoir reconnus. Yarrow était masqué et, aux yeux de Pornsen, l'empathiste ressemblait à n'importe quel autre wog. Méthodique comme toujours, l'ange gardien était manifestement décidé à entreprendre une perquisition approfondie. Il haussa brusquement son épaule tombante et commença à écarter les rideaux de toutes les alcôves. Chaque fois qu'il tombait sur un wog masqué, il soulevait le travesti grotesque pour examiner les traits qu'il dissimulait.

Fobo ricana et dit en américain :

— Ce petit jeu ne va pas durer longtemps. Pour qui prend-il les Siddonites? Pour une bande de souris?

Ce que l'empathiste attendait ne tarda pas à se produire. Un wog solidement bâti dont Pornsen s'apprêtait à ôter le masque se leva et ce fut lui qui arracha celui de l'*agi*. Surpris de voir un visage qui n'avait rien d'ozagénien, le consommateur resta pétrifié une seconde, puis il émit un glapissement strident et son poing s'écrasa sur le nez du Terrien.

Du coup, le pandémonium se déchaîna. Pornsen, déséquilibré, recula et heurta une table qui se renversa et s'effondra au milieu des chopes. Deux wogs se jetèrent sur lui. Un Ozagénien s'en prit à l'un de ses congénères, qui répliqua du tac au tac. Duroku, armé d'une petite matraque, se précipita et se mit à taper sur le dos et les jambes des combattants. Quelqu'un lui jeta du jus de coléo à la figure.

Ce fut le moment que choisit Fobo pour éteindre la lumière et la taverne fut plongée dans l'obscurité.

Hal se leva, tout ébahi. La main de Fobo emprisonna la sienne.

— Suivez-moi!

Il le tirait par le bras. Hal fit demi-tour et, titubant, se laissa guider vers ce qu'il pensait être la porte du fond.

Nombre d'autres clients avaient eu la même idée. Hal fut précipité à terre et piétiné. Fobo lâcha sa main. Yarrow le héla mais la réponse de l'empathiste fut noyée sous les hurlements qui fusaient de toutes parts.

De sourdes détonations ajoutaient encore à la confusion. Sous l'empire de la tension nerveuse, les « sacs à malice » des wogs s'ouvraient, laissant échapper des bouffées de gaz dont la puanteur faisait suffoquer Hal qui, haletant, s'efforçait de se frayer un chemin sans se soucier des corps qu'il écrasait au passage. Enfin, il franchit le seuil et se retrouva dehors. Il se mit à courir aussi vite qu'il le pouvait sans savoir où il allait. Il n'avait qu'une idée en tête : mettre le plus de distance possible entre lui et Pornsen.

Les lampes à arc qui brillaient au sommet des hauts réverbères se succédaient. Hal courait en rasant les murs, s'efforçant de demeurer dans l'ombre portée des balcons. Il ralentit en arrivant à la hauteur d'une étroite venelle. Un coup d'œil lui suffit pour se rendre compte qu'elle était sans issue. Il s'y précipita et ne s'arrêta que lorsqu'il eut atteint un grand récipient carré qui, à en juger par le fumet qu'il dégageait, devait être un réceptacle à ordures. Il s'accroupit derrière la poubelle pour reprendre son souffle. Bientôt, ses poumons retrouvèrent leur rythme normal et ses oreilles cessèrent de bourdonner.

Il écouta. Apparemment, personne ne le poursuivait. Se considérant en sécurité, il se leva et palpa sa bouteille. Par miracle, elle n'était pas cassée. Jeannette aurait de quoi boire. Quelle histoire à lui raconter! Après tout, c'était pour elle qu'il avait subi toutes ces avanies. Il méritait une juste récompense...

À cette pensée, il eut la chair de poule et, frissonnant, se remit en route d'un pas alerte. Il n'avait aucune idée de l'endroit où il se trouvait mais il avait un plan de la cité dans sa poche. La carte avait été réalisée à bord du *Gabriel*. Le nom des rues y était porté en trois langues : en ozagénien, en américain et en islandais. Il lui suffirait de regarder les écriteaux (les lampes ne manquaient pas) et de s'orienter pour retrouver le chemin de la maison. Quant à Pornsen, celui-ci n'avait aucune preuve contre lui et, sans preuve, pas d'accusation possible. Son lamech plaçait Hal au-dessus de tout soupçon. Pornsen...

12

Pornsen! A peine Hal avait-il murmuré son nom que celui-ci se matérialisa en chair et en os. Des talons sonnèrent sur le trottoir. Yarrow se retourna. Une silhouette courtaude enveloppée dans une cape se dirigeait sur lui. Une silhouette aux épaules inégales. Le lampadaire fit miroiter des bottes de cuir noir. L'homme n'avait pas de masque.

— Yarrow! s'exclama triomphalement l'*agi*. Ce n'est pas la peine de courir. Je t'ai vu dans la taverne. Cette fois, tu ne t'en tireras pas!

Il se précipita vers son pupille immobile et rigide.

— Tu as bu! Je sais que tu as bu!

— Oui? rétorqua Hal d'une voix grinçante. Et quoi encore?

— Comme si ce n'était pas suffisant! s'écria l'ange gardien. A moins que tu ne caches quelque chose chez toi? C'est bien possible! Peut-être que l'appartement est plein de bouteilles. Viens! Nous allons y jeter un coup d'œil. Et je ne serais pas étonné de trouver là-bas toutes sortes de preuves démontrant l'irréalité de tes pensées.

Hal se ramassa sur lui-même en serrant les poings mais ne dit rien. Quand l'*agi* lui ordonna de marcher devant, il obéit sans protester et les deux hommes débouchèrent sur le boulevard. Toutefois, Yarrow titubait un peu et il lui fallait s'appuyer au mur pour garder son équilibre.

Pornsen renifla dédaigneusement :

— Espèce d'ivrogne! Tu me fais mal au ventre.

Hal désigna quelque chose du doigt :

— Je ne suis pas le seul. Regardez celui-ci.

Il parlait sans conviction, espérant follement que tout ce qu'il pourrait dire ou faire, si insignifiant que ce fût, retarderait l'instant fatal où son *agi* et lui pénétreraient dans l'appartement. Ce qu'il désignait ainsi était un gros wogglebug en état d'ébriété qui se cramponnait à un réverbère.

— Nous devrions peut-être nous assurer que ce wog n'est pas blessé.

Il fallait bien trouver quelque chose pour que Pornsen s'arrête. Avant que son geôlier pût protester, Hal se précipita en direction du wog, lui posa la main sur le bras et lui demanda en siddonite :

— Pouvons-nous vous aider?

L'Ozagénien donnait, lui aussi, l'impression de sortir tout droit d'une bagarre. Sa cape n'était pas seulement déchirée : elle portait également des traces verdâtres de sang séché. Le Terrien eut beaucoup de mal à comprendre ce qu'il bredouillait car la créature tournait obstinément la tête de l'autre côté.

Pornsen tira Yarrow par la manche.

— Viens, Yarrow. Qu'il se débrouille tout seul. Un wog malade! Qu'est-ce que cela peut bien nous faire?

— *Shib*, concéda Hal d'une voix blanche.

Il lâcha l'ivrogne et se remit en marche. Pornsen fit un pas en avant et heurta son pupille qui s'était immobilisé.

— Pourquoi t'arrêtes-tu, Yarrow? (Il y avait une inquiétude soudaine dans le ton de l'*agi.*)

Un déchirant cri d'agonie suivit la question.

Hal fit volte-face et l'horrible spectacle dont il avait eu le pressentiment (c'est pour cela qu'il avait fait halte) s'offrit à ses yeux. En posant sa main sur le bras du wog, il avait senti, non un épiderme tiède mais une dure et froide carapace chitineuse. Il avait fallu quelques secondes à son cerveau pour en tirer une conclusion. Puis Yarrow s'était rappelé la conversation au cours de laquelle Fobo lui avait expliqué pour quelles raisons il était armé. Quand Hal s'était retourné pour avertir Pornsen, il était trop tard.

L'*agi* hurlait, les poings pressés sur les yeux. La créature avait lâché le lampadaire. Elle marchait sur Yarrow. A chaque pas, son corps paraissait plus gigantesque. Sur son thorax saillait une vessie semblable à un ballon gris, animée de pulsations, qui tour à tour se gonflait et se dégonflait avec un sifflement. La répugnante face d'insecte était tendue vers Yarrow. Deux bras vestigiels frémissaient de part et d'autre de la bouche au-dessous de laquelle pointait la trompe en forme d'entonnoir que le Terrien avait confondue avec un nez de wog. En réalité, l'être respirait par des trachées et les deux fentes qui s'ouvraient sous ses yeux globuleux. Normalement, le passage de l'air devait produire un chuintement sonore mais le monstre s'était probablement retenu de respirer pour ne pas alerter ses victimes.

Hal poussa un cri d'effroi. En même temps, il se cacha la figure derrière sa cape. Son masque aurait peut-être suffi à le protéger mais il ne voulait prendre aucun risque.

Quelque chose lui brûla le dos de la main. Il gémit de douleur mais se rua en avant. Sa tête entra en collision avec la vessie thoracique avant que la créature ait eu le temps de la remplir d'air afin de projeter un nouveau jet d'acide par sa trompe.

Elle exhala une plainte étouffée et tomba à la renverse. A présent, elle gisait sur le dos, gigotant comme un énorme insecte venimeux. Puis elle roula sur elle-même et tenta de se mettre debout. Hal lança brutalement sa jambe en avant et la pointe de sa botte creva la mince carapace de chitine.

A la lumière du réverbère, il vit sourdre un sang noir de la blessure. Son pied repartit, visant la plaie ouverte. Le monstre exhala un cri perçant et tenta de s'éloigner en rampant. Le Terrien sauta sur son dos à pieds joints, le clouant au sol. Il posa son talon sur le cou de la bête et appuya de toutes ses forces. Il y eut un craquement et l'insecte cessa de bouger. Sa mâchoire inférieure retomba, dévoilant deux rangées de dents minuscules, aussi acérées que des aiguilles. Les bras rudimentaires qui encadraient sa bouche palpitèrent encore quelques instants faiblement, puis ils s'affaissèrent.

Hal avait l'impression qu'un étau lui broyait la poitrine. Il haletait. Ses intestins gargouillaient et il avait l'impression qu'ils allaient lui remonter dans la gorge. Il se plia en deux et vomit.

Aussitôt, il recouvra toute sa lucidité. Pornsen, recroquevillé sur lui-même, gisait dans le caniveau. Il s'était tu. Hal eut un sursaut quand il le retourna. Les yeux de l'*agi* étaient en partie brûlés et ses lèvres n'étaient plus qu'un amas d'ampoules grises. La langue qui sortait de sa bouche était flasque et boursouflée. Manifestement, Pornsen avait avalé un peu de venin.

Hal se redressa et se mit en marche. Une patrouille wog trouverait le corps de l'ange gardien et le remettrait à ses compatriotes. Que la hiérarchie s'arrange pour reconstituer les événements! Pornsen n'était plus et Yarrow ne se dissimulait pas qu'il était heureux de sa mort. Peut-être l'*agi* avait-il atrocement souffert. Et alors? Sa douleur avait été de courte durée alors que la douleur et les tourments qu'il avait causés à Hal s'étaient prolongés près de trente années.

Un bruit le fit se retourner.

— Fobo? appela-t-il.

Un gémissement lui répondit, suivi d'un balbutiement inintelligible.

— Pornsen? Vous ne pouvez pas... Vous êtes... mort!

Mais Pornsen était vivant. Il se remettait debout en chancelant. Les mains tendues comme un aveugle qui tâtonne, il fit quelques pas.

La panique qui s'empara de Hal à cette vue fut telle qu'il songea un instant à fuir. Mais il se força à n'en rien faire et à réfléchir logiquement.

Si les wogs retrouvaient Pornsen, ils le confieraient aux médecins du *Gabriel*; les médecins grefferaient au blessé des yeux prélevés dans la banque d'organes et lui injecteraient des substances régénératrices. Au bout de deux semaines, sa langue repousserait. Et il parlerait. Oh! oui, Précurseur, il parlerait!

Deux semaines? Allons donc! Qui l'empêcherait d'écrire?

Il n'y avait qu'une seule solution.

Il s'approcha de Pornsen et le prit par la main. L'*agi* tressaillit et murmura quelque chose d'incompréhensible.

— C'est moi, Hal, dit Yarrow.

Pornsen se fouilla, sortit un carnet et une plume de sa poche. Hal le lâcha. Après avoir griffonné quelques lignes, l'ange gardien lui tendit son calepin.

La lune était suffisamment brillante pour que l'on puisse lire. L'écriture était déformée mais, même aveugle, Pornsen était capable de mouler correctement et lisiblement ses lettres.

Conduis-moi au Gabriel, *mon fils. Je te jure au nom du Précurseur que je ne soufflerai mot à personne de cette beuverie. Je t'en serai éternellement reconnaissant. Mais ne me laisse pas, souffrant comme je souffre, à la merci des monstres. Je t'aime.*

Hal tapota l'épaule de l'*agi* :

— Prenez ma main. Je vous guiderai.

Au même moment, un bruit s'éleva dans la rue. C'était un groupe de wogs en goguette.

Hal entraîna Pornsen dans le parc voisin. Au bout de trois cents mètres, les deux hommes arrivèrent devant un bouquet d'arbres particulièrement épais. Hal s'arrêta. Des sons étranges, des claquements et des sifflements, retentissaient dans les profondeurs du bosquet.

Caché derrière un arbre, Hal comprit quelle en était l'origine. La lune éclairait le cadavre d'un wog — ou, plutôt, ce qui en restait — étendu au centre d'une clairière. Toute la partie supérieure du corps avait été nettoyée et une multitude d'insectes argentés grouillaient sur la charogne. Ils ressemblaient à des fourmis mais avaient une taille de trente centimètres. C'étaient leurs mandibules qui produisaient ces claquements. Quant aux sifflements, ils étaient dus à l'air qui s'échappait rythmiquement de la poche respiratoire par laquelle s'achevait leur tête.

Hal avait pensé que sa cachette était bonne mais les insectes durent remarquer sa présence car ils s'égaillèrent soudain et se perdirent dans l'obscurité.

Yarrow hésita, puis il conclut que c'étaient des nécrophages dont il n'avait pas à s'inquiéter. Leur victime était probablement un ivrogne qui avait eu la malencontreuse idée de passer par là et que les fourmis avaient tué.

Guidant toujours Pornsen, il alla jusqu'au cadavre et se baissa pour l'examiner. Jusqu'à présent, l'occasion ne s'était jamais présentée pour les Terriens d'étudier l'anatomie des wogs. On avait demandé aux autorités ozagéniennes des cadavres aux fins de dissection mais elles avaient refusé, se contentant de répondre que c'était impossible. Toutefois, elles avaient accepté de remettre aux biologistes humains des échantillons de sang wog. Comme c'était tout ce dont les Terriens avaient besoin, ils n'avaient pas cherché à voler des corps, entreprise qui eût pu être périlleuse.

C'était avec un vif intérêt que Hal se penchait sur le squelette du cadavre, lui qui ignorait tout de l'architecture osseuse des wogs. Leur colonne vertébrale se trouvait dans la partie antérieure du torse. Sa courbe, qui prenait naissance à la hauteur d'un bassin dont la forme n'avait rien d'humain, était exactement l'inverse de la courbure de la colonne vertébrale de l'homme. Le tractus intestinal était réparti en deux poches flanquant la colonne vertébrale et logées en avant des hanches. En conséquence, l'abdomen formait une dépression centrale, mais celle-ci ne se voyait pas sur l'être vivant car la peau qui le recouvrait était tendue de façon rigide.

Pareille structure interne n'était pas surprenante chez un être dont les ancêtres descendaient de créatures insectoïdes : dans un passé remontant à des centaines de millions d'années, ç'avaient été des préarthropodes vermiculaires non spécialisés. Contrairement aux crustacés, aux arachnidés et aux insectes, l'ancêtre des wogs n'avait pas développé d'exosquelette ni de pattes multiples; il avait refusé que sa délicate cuticule épidermique se durcisse en se chitinisant et avait préféré un squelette interne. Mais son système nerveux central était toujours ventral et il n'avait pas les ressources suffisantes pour faire glisser dans son dos la moelle épinière et ses nerfs spinaux. Aussi sa colonne vertébrale s'était-elle formée là où elle devait se trouver et le reste de son squelette avait dû se faire une raison. Les organes internes des wogs étaient sans commune mesure avec ceux des mammifères mais, si la forme était différente, la fonction était similaire.

Hal aurait bien aimé étudier le cadavre plus à fond mais il y avait une tâche qui l'attendait.

Une tâche qui lui faisait horreur.

Pornsen écrivit quelque chose sur son calepin et le lui présenta.

Je souffre atrocement, mon fils. Je t'en prie, n'hésite pas à me conduire jusqu'à l'astronef. Je ne te trahirai pas. Ai-je jamais manqué à une promesse que je t'ai faite? Je t'aime.

Les seules promesses que tu m'aies jamais faites, ç'a été de me fouetter, songea Hal. Il fouilla l'obscurité de la clairière qui s'étendait derrière les arbres. Les corps blafards des fourmis faisaient penser à une forêt de champignons. Elles attendaient son départ.

Pornsen bredouilla quelque chose et s'assit dans l'herbe. Sa tête s'inclina sur sa poitrine.

— Pourquoi faut-il que je fasse cela? murmura Hal.

Je n'y suis pas obligé, se dit-il. *Nous pouvons nous en remettre aux wogs, Jeannette et moi. Je n'ai qu'à m'adresser à Fobo. Les wogs pourront nous cacher. Mais le voudront-ils? Comment en avoir la certitude? Peut-être nous livreront-ils aux Uzzites.*

— Inutile de tergiverser, fit-il à voix basse. (Et il gémit :) Pourquoi me faut-il en arriver là? Pourquoi n'est-il pas mort tout à l'heure?

Il sortit le long poignard de la gaine dissimulée dans la tige de sa botte.

Au même moment, Pornsen releva la tête et le regarda, l'air terrorisé. Ses mains tâtonnantes se tendirent vers Hal et, sur ses lèvres brûlées, se dessina un fantôme de sourire caricatural.

La pointe du poignard était à trente centimètres de la gorge de l'*agi*.

— Jeannette, c'est pour toi que je fais cela, dit Hal à haute voix.

Mais la lame resta immobile et, au bout de quelques secondes, elle s'abaissa.

— Je ne peux pas, laissa tomber Hal. Je ne peux pas.

Pourtant, il était indispensable de faire quelque chose pour empêcher Pornsen de le dénoncer ou, tout au moins, pour que Jeannette et lui puissent disparaître.

De plus, il fallait que l'ange gardien fût soigné. La souffrance qui torturait l'*agi* lui portait au cœur et le faisait frissonner. S'il avait tué Pornsen, il aurait mis fin à ses souffrances. Mais comme il était incapable de l'achever...

Pornsen, bredouillant toujours, fit quelques pas en avant, les mains tendues, et pivota sur lui-même. Hal s'écarta pour l'éviter. Les pensées se bousculaient furieusement dans sa tête. Il n'y avait qu'une seule issue : aller chercher Jeannette et prendre la fuite. Inutile, comme il l'avait envisagé plus tôt, de charger un wog de ramener l'ange gardien au vaisseau. L'agonie de Pornsen avait déjà commencé et, pour Hal, chaque seconde était précieuse. Essayer d'atténuer les douleurs de l'*agi* serait trahir Jeannette — et lui-même par la même occasion.

Pornsen continuait à pas lents, battant l'air de ses mains. Il traînait les pieds pour ne pas buter sur un obstacle. Soudain, il marcha sur le squelette de l'indigène, s'arrêta et se baissa pour le tâter. Quand ses mains rencontrèrent la cage thoracique et le bassin, il se figea. Puis ses doigts glissèrent le long du squelette, frôlèrent le crâne, le palpèrent. Des fragments de chair adhéraient encore à l'os.

Subitement épouvanté, peut-être parce qu'il venait de se rendre compte que les agresseurs du wog pouvaient encore être dans les environs et qu'il était désarmé, Pornsen se releva et se mit à courir en poussant un cri étranglé. Mais ce hurlement s'interrompit brusquement : *l'agi* avait heurté un arbre et était tombé à la renverse.

Avant qu'il eût le temps de se relever, la horde sifflante et crépitante des insectes au corps blême le submergea.

Hal ne songea même pas que son comportement était irrationnel : il se rua sur les fourmis. Quand il fut arrivé au milieu de la clairière, elles battirent en retraite mais il distinguait leur masse blanchâtre tapie dans l'ombre des taillis.

Hal s'agenouilla devant Pornsen. Déjà les vêtements de l'ange gardien étaient réduits en charpie et son corps présentait de nombreuses traces de morsures. Ses yeux contemplaient fixement le ciel. Il avait la veine jugulaire tranchée.

Hal se remit debout en gémissant et s'éloigna promptement. Derrière lui, les bruissantes légions de fourmis émergèrent des arbres. Il ne se retourna pas.

Au moment où il arrivait à la hauteur d'un lampadaire, ses nerfs flanchèrent. Les larmes ruisselèrent le long de ses joues. Des sanglots convulsifs secouaient ses épaules.

Il ne savait pas si c'était une réaction de chagrin ou une réaction de haine — de haine se donnant enfin libre cours parce qu'il n'y avait plus de représailles à craindre. Peut-être y avait-il un peu des deux. Mais c'était comme si son corps expulsait un poison. En même temps, Hal renaissait à la vie.

Il avait cru en mourir : pourtant, quand il arriva à destination, le poison était évacué jusqu'à la dernière goutte. La fatigue lui plombait les bras et les jambes et ce fut à peine s'il parvint à rassembler suffisamment d'énergie pour escalader le perron. Pourtant son cœur était léger. Il battait comme libéré de l'emprise d'une main écrasante.

13

Un grand fantôme recouvert d'un linceul bleu pâle attendait le Terrien dans la clarté livide de la fausse aurore. C'était Fobo, l'empathiste. Il était debout sous l'arche hexagonale de l'entrée. Quand le wog ôta son capuchon, Hal vit qu'il avait une joue écorchée et un œil au beurre noir.

Fobo pouffa de rire.

— Un de ces fils d'insecte a arraché mon masque et m'a passé à tabac. Mais c'était amusant. Lâcher de la vapeur une fois de temps en temps, ça fait du bien. Et vous, comment vous en êtes-vous tiré? Je craignais que vous n'ayez été pris par la police. Personnellement, cela ne m'aurait pas troublé mais je sais que vos collègues de l'astronef auraient froncé le sourcil s'ils avaient su où vous aviez passé la soirée.

Hal sourit faiblement :

— Froncer le sourcil est un euphémisme que j'apprécie!

Il se demandait comment Fobo pouvait deviner les réactions de la hérarchie. Quels renseignements les wogs avaient-ils sur les Terriens? Etaient-ils au courant de ce qui se préparait et attendaient-ils le moment de contre-attaquer? Mais contre-attaquer avec quoi? D'après toutes les estimations, leur technologie était très retardataire par rapport à celle de la Terre. Certes, ils étaient plus avancés que les Terriens dans le domaine de la psychologie mais c'était compréhensible. Le Clergétat avait depuis longtemps décrété que la saine psychologie avait atteint son point de perfection et que toute recherche nouvelle était superflue. D'où la stagnation des sciences psychologiques.

Hal était trop fatigué pour réfléchir à ce genre de questions. Il n'avait qu'une envie : se coucher.

— Je vous expliquerai plus tard ce qui s'est passé, dit-il.

— Je peux le deviner. Votre main... Je vais soigner votre brûlure. Le venin des nocturnes est dangereux.

Hal suivit le wog qui le fit entrer chez lui et enduisit la plaie d'un onguent rafraîchissant.

— C'est aussi *shib* que ça peut l'être, déclara Fobo. Maintenant, allez vous coucher. Demain, vous me raconterez vos aventures.

Après l'avoir remercié, Yarrow regagna son logement. Il tâtonna longtemps avec la clé, qu'il réussit finalement à introduire dans la serrure non sans avoir invoqué le nom de Sigmen en vain. Quand il eut refermé la porte à double tour, il appela Jeannette. Elle devait s'être cachée dans le cagibi que recélait le placard car il entendit deux portes claquer. Un instant plus tard, elle se précipitait sur lui et se pendait à son cou.

— Oh! *mô shih!* Que t'est-il arrivé? Comme j'étais inquiète! Quand la nuit est tombée et que tu n'es pas rentré, j'ai cru que j'allais hurler.

Hal avait beau être désolé de lui avoir fait de la peine, il ne pouvait s'empêcher d'éprouver un petit chatouillement de plaisir en voyant à quel point elle tenait à lui. Mary aurait peut-être compati mais elle aurait estimé que son devoir était de refouler tout élan et de lui faire un sermon fustigeant l'irréalisme de son péché qui ne manquait pas de se retourner contre lui.

— Il y a eu une bagarre, dit-il.

Il avait décidé de ne souffler mot ni de Pornsen ni du nocturne. Plus tard, il serait temps de mettre Jeannette au courant.

Elle dégrafa sa cape, lui ôta son capuchon, le débarrassa de son masque et alla ranger le tout dans le placard, tandis que Yarrow s'affalait dans un fauteuil et fermait les yeux.

Il ne tarda pas à les rouvrir en entendant un bruit de liquide. Jeannette, debout en face de lui, la bouteille à la main, était en train de remplir un verre de bonne taille. L'odeur du jus de coléo lui parut écœurante et, en imaginant cette fille ravissante prête à ingurgiter ce breuvage nauséabond, il eut envie de vomir.

Elle le regarda et ses fins sourcils se haussèrent.

— *Kyetil?*

— Rien! grommela-t-il. Tout va bien.

Elle reposa le verre, prit Hal par la main, le conduisit dans la chambre et le fit s'asseoir sur le lit en exerçant une douce pression sur ses épaules. Il s'allongea et elle le déchaussa. Il se laissait faire sans résister. Quand elle eut déboutonné sa chemise, elle lui caressa les cheveux.

— Tu es sûr d'aller bien?

— *Shib*. Je pourrais me battre avec le monde entier, une main attachée dans le dos.

— Parfait!

Le lit grinça quand elle se leva. Elle quitta la chambre. Le sommeil s'empara de Hal mais le retour de Jeannette le réveilla. Ses paupières se soulevèrent. Elle était devant lui, un verre à la main.

— Veux-tu en boire une goutte, maintenant, Hal?

— Grand Sigmen! Tu ne comprends donc rien à rien? s'écria-t-il d'une voix grinçante. (Sous le coup de la fureur, il se dressa sur son séant.) Pourquoi crois-tu donc que je suis malade? Je ne peux pas supporter cette camelote! Je ne peux pas supporter de te voir avaler ça. Tu me rends malade. Mais qu'est-ce que tu as dans le ventre? Tu es idiote ou quoi?

Les yeux de Jeannette s'élargirent. Elle blêmit. Ses lèvres étaient à présent une lune écarlate sur un lac blanc. Elle tremblait et renversa une partie du liquide.

— Mais... mais... tu m'avais dit que tu te sentais bien! Je croyais que ça allait. Que tu voulais coucher avec moi.

Yarrow gémit, referma les yeux et s'allongea. Le sarcasme n'avait pas prise sur elle. Elle prenait tout au pied de la lettre. Il faudrait la rééduquer. S'il n'avait pas été aussi épuisé, il aurait été scandalisé par cette proposition sans fard — c'était presque ce qu'avait dit la Femme Rouge du *Talmud d'Occident* quand elle avait tenté de séduire le Précurseur.

Mais Hal n'en était plus au stade où il pouvait être scandalisé. A la limite de sa conscience, une voix lui murmurait que Jeannette avait simplement exprimé par ces paroles brutales et irréversibles ce qu'il avait projeté dès le début dans le secret de son cœur. Seulement, entendre prononcer ces mots...

Un fracas de verre brisé rompit le fil de ses pensées. Il se redressa d'un bond. Jeannette, les traits révulsés, son adorable bouche incarnate frémissante, pleurait à chaudes larmes. Sa main était vide. Une grande tache humide s'étalait sur le mur, montrant ce qu'il était advenu du verre.

— Je croyais que tu m'aimais! fit-elle dans un cri.

Hal, incapable de répondre, la regardait. Elle se réfugia dans l'autre pièce où elle se mit à sangloter bruyamment. Hal sauta du lit et s'empressa de la rejoindre. En théorie, ces logements étaient insonorisés mais on ne pouvait jamais savoir. Si quelqu'un entendait...

D'ailleurs, une franche explication s'imposait.

Jeannette baissait la tête. Il s'immobilisa, silencieux. Il aurait voulu dire quelque chose mais n'y parvenait pas car c'était la première fois qu'il se trouvait en face d'un tel problème. Les femmes de l'Union ne pleuraient pas souvent. Ou, si elles le faisaient, c'était sans témoin.

Il s'assit à côté de la jeune femme et la prit par l'épaule.

— Jeannette...

Elle se tourna vers lui et lova sa tête brune contre sa poitrine.

— J'ai pensé que peut-être tu ne m'aimais pas, fit-elle entre deux sanglots. C'était intolérable. Après toutes les épreuves que j'ai subies!

— Ecoute, Jeannette, je ne... c'est-à-dire que... je n'ai pas...

Il se tut. Il n'avait pas l'intention de lui dire qu'il l'aimait. Il n'avait jamais dit cela à aucune femme. Pas même à Mary. Et jamais une femme ne le lui avait dit. Et voilà que, sur une planète perdue, cette femme — une métisse à demi humaine par-dessus le marché — considérait tout naturellement qu'il était à elle, corps et âme!

Hal se remit à parler. A présent, les mots venaient facilement car il citait le Sermon Moral AT-16 :

— ... tous les êtres qui ont le cœur à la bonne place sont frères... L'homme et la femme sont frère et sœur... L'amour est partout... mais l'amour doit se situer sur un plan plus élevé... L'homme et la femme doivent légitimement abhorrer l'acte bestial et y voir une survivance que le Grand Esprit, l'Observateur Cosmique, n'a pas encore extirpée du développement évolutionnaire de l'homme... Le temps viendra où les enfants naîtront autrement. D'ici là, force nous est de considérer que la sexualité est démodée et qu'elle n'est nécessaire que pour une seule raison : la procréation...

Quelque chose lui cingla la joue.

Des cloches carillonnaient dans sa tête et des pointes de feu tourbillonnaient devant ses yeux.

Il lui fallut un moment avant de se rendre compte que Jeannette avait bondi sur ses pieds et l'avait giflé de toutes ses forces. Elle était devant lui, les yeux plissés, sa bouche rouge ouverte dans un rictus qui découvrait ses dents.

Puis elle fit demi-tour et se rua dans la chambre. Il se leva et la suivit. Prostrée sur le lit, elle sanglotait.

— Tu ne comprends pas, Jeannette...

— *Fva tou fvê fv...!*

Quand il eut compris le sens de ces mots, Hal devint écarlate et la colère s'empara de lui. Il l'empoigna par l'épaule et l'obligea à se retourner.

Puis il se surprit à dire :

— Mais je t'aime, Jeannette. Je t'aime.

Ces paroles sonnaient étrangement à ses oreilles. La notion d'amour telle que Jeannette l'entendait lui était étrangère. Rouillée, en quelque sorte, comme un objet qui a besoin d'être fourbi pour retrouver son éclat. Et qui le retrouverait, il le savait. Car tout dans la femme qu'il serrait entre ses bras — sa nature, son instinct, son éducation — tout était tendu vers l'amour.

Il avait cru s'être tout à l'heure lavé de toutes ses peines mais, maintenant, oubliant sa résolution de ne rien dire à Jeannette des événements de la soirée, il lui narrait étape par étape les horreurs de cette longue nuit, pendant que les larmes ruisselaient sur ses joues. Trente ans... Cela fait un puits bien profond et il faut longtemps pour l'assécher entièrement.

Jeannette pleurait, elle aussi. Elle lui demanda pardon de s'être mise en colère, lui promit de ne plus jamais recommencer. Ils s'embrassaient sans se lasser et, comme deux enfants qui ont pleuré ensemble, qui se sont aimés dans la frustration et la fureur, ils sombrèrent doucement dans le sommeil.

14

A 9 heures, temps du vaisseau, Yarrow regagna le *Gabriel*. La rosée matinale embaumait. Comme il avait un peu de temps avant la conférence, il alla voir Turnboy, le *tchatout* historien, auquel il demanda négligemment s'il avait eu connaissance d'une tentative d'émigration spatiale sous pavillon français après la Guerre Apocalyptique. Oui, répondit Turnboy, tout heureux de faire étalage de son savoir, les Français survivants s'étaient regroupés dans la région de la Loire après le conflit pour former le noyau de ce qui aurait pu devenir une nouvelle France.

Mais les colonies d'Islande établies dans le nord de la France et celles d'Israël installées au sud, qui les unes comme les autres se développaient rapidement, avaient encerclé la Loire. La nouvelle France s'était trouvée soumise à un étranglement économique et religieux. Des vagues de missionnaires sigménites avaient envahi ce territoire catholique et les barrières douanières avaient fait péricliter le commerce du petit Etat. En définitive un groupe de Français, comprenant qu'ils allaient vers une absorption ou une conquête inévitable, avaient quitté la Terre en quête d'une autre patrie à bord de six astronefs. Personne ne savait où ils avaient atterri.

Hal remercia Turnboy et se dirigea vers la salle de conférences. En chemin il s'entretint avec un grand nombre de gens. La moitié de ses interlocuteurs avaient, comme lui, quelque chose d'un peu mongoloïde. C'étaient les descendants anglophones des Hawaiiens et Australiens qui avaient survécu à la guerre au cours de laquelle la France avait été décimée. Leurs ancêtres avaient repeuplé l'Australie, les deux Amériques, le Japon et la Chine.

Presque cinquante pour cent des hommes d'équipage parlaient l'islandais. Leurs ancêtres avaient quitté leur île lugubre pour se répandre en Europe septentrionale, en Sibérie et en Mandchourie.

Le géorgien était la langue natale des hommes restants dont les aïeux, descendus du Caucase, avaient pris possession des plaines désertiques de la Russie méridionale, de la Bulgarie, de l'Iran septentrional et de l'Afghanistan.

Mémorable fut cette conférence. Tout d'abord, Hal, qui occupait jusque-là la vingtième place à gauche de l'Archuriélite, s'assit à la sixième place à la droite de celui-ci : le *lamech* qui étincelait sur sa poitrine faisait toute la différence. En second lieu, la mort de Pornsen ne souleva guère de problèmes; on considéra qu'il était une victime de guerre. Tous les participants furent mis en garde contre les nocturnes et autres créatures qui rôdaient parfois dans les rues de Siddo après la nuit tombée. Toutefois personne ne suggéra que l'on renonçât aux activités d'espionnage sous le couvert des ténèbres.

Macneff décréta que Hal, en tant que fils spirituel de l'*agi* décédé, s'occuperait des funérailles, fixées au lendemain. Puis il tira une gigantesque carte roulée sur le mur du fond. C'était un planisphère terrestre, celui qui serait communiqué aux wogs.

Cette carte était un bon exemple de la subtilité et du machiavélisme tortueux des gens de l'Union Haïjacienne. On y voyait les deux hémisphères de la planète et les frontières des Etats étaient délimitées par des traits de couleurs différentes. Les nations bantoues et malaises étaient figurées correctement. Toutefois, les possessions de l'Union et des Républiques Israéliennes comportaient une anomalie. La légende indiquait que les territoires du Précurseur étaient figurés en vert et les territoires hébreux en jaune. Or, la portion verte faisait un anneau autour de la Méditerranée avec un prolongement englobant l'Arabie, la moitié sud de l'Asie Mineure et l'Inde septentrionale.

Autrement dit, si par un incroyable hasard les Ozagéniens réussissaient à s'emparer du *Gabriel*, à construire des vaisseaux du même type et à utiliser les données de navigation qui se trouvaient à bord, ce serait encore un autre pays qu'ils attaqueraient. Ils ne prendraient évidemment pas la peine d'entrer en contact avec les peuples de la Terre, afin de pouvoir profiter du facteur surprise. Les Israéliens n'auraient donc pas l'occasion de s'expliquer avant que les bombes commencent de pleuvoir et l'Union, ainsi avertie, lancerait sa flotte cosmique contre l'envahisseur.

— A vrai dire, précisa Macneff, je ne pense pas que le pseudofutur que je viens d'esquisser devant vous deviendra jamais réalité. Ou alors c'est que le Régresseur est plus puissant que je ne le crois. Mais rien ne vous empêche de considérer que cette ligne d'avenir soit la meilleure possible. Que rêver de mieux que de voir ces non-humains liquider nos ennemis israéliens?

» Vous le savez tous, l'astronef est parfaitement protégé contre toute tentative d'attaque, ouverte ou sournoise. Le radar et les détecteurs infrarouges fonctionnent vingt-quatre heures sur vingt-quatre. Nos armes sont prêtes. Notre technologie surclasse celle des wogs : nous ne ferions d'eux qu'une bouchée.

» Même si le Régresseur leur inspirait une adresse surhumaine et qu'ils parviennent à se rendre maîtres du vaisseau, ce serait encore un échec pour eux. A supposer qu'ils atteignent un point déterminé du *Gabriel,* l'un des deux officiers de pont qui se relaient en permanence appuierait sur certain bouton. Aussitôt, toutes les données de navigation conservées dans les blocs mémoriels seraient effacées et les wogs ne pourraient jamais localiser Sol.

» Et si, ce qu'à Sigmen ne plaise, ils arrivaient jusqu'à la passerelle, l'officier de garde presserait un autre bouton.

Macneff ménagea une pause et dévisagea les hommes assis autour de la table. La plupart d'entre eux étaient pâles car ils savaient ce que le Sandalphon allait dire.

— Une bombe H anéantirait l'astronef et, par

la même occasion, la cité de Siddo. Chose plus importante encore, elle ferait exploser dix bombes au cobalt dont les radiations anéantiraient toute vie intelligente sur Ozagen. Ainsi, la prochaine expédition ne rencontrerait pas de résistance et nous serions à jamais honorés aux yeux du Précurseur et du Clergétat.

» Naturellement, il serait préférable que nous ne soyons pas obligés d'en arriver à cette extrémité. Non pour des raisons personnelles mais parce qu'il faudrait attendre des siècles, mille ans peut-être, avant que la végétation reprenne ses droits et que nous puissions coloniser Ozagen.

» Néanmoins, je tenais à vous rappeler cette possibilité. J'ajouterai que je voudrais pouvoir mettre les Siddonites en face de cette réalité pour les dissuader de nous attaquer. Malheureusement, cela nuirait aux bonnes relations que nous entretenons présentement avec eux et nous serions peut-être alors contraints de déclencher le Projet Ozagénien avant d'être prêts.

Après la conférence, Hal prit ses dispositions pour les funérailles de Pornsen. Un certain nombre d'autres tâches requérirent son attention et la nuit était tombée quand il regagna son domicile.

Lorsqu'il fut rentré chez lui et eut refermé la porte, il entendit un bruit d'eau. Il accrocha sa cape dans la penderie. Le robinet se tut. Au moment où il se préparait à entrer dans la chambre, Jeannette sortit de la salle de bains, s'essuyant les cheveux avec une serviette. Elle était nue.

— *Bô you,* Hal, fit-elle en toute innocence.

Il lui rendit son salut d'une voix étranglée, fit

demi-tour et regagna la salle du devant. Il s'en voulait d'être aussi timoré et, en même temps, avait la vague impression de pécher, d'avoir un comportement irréel parce que son cœur accélérait ses battements, que sa respiration se faisait haletante, que des doigts intangibles et brûlants se refermaient sur ses reins — douloureusement et délicieusement.

Elle le rejoignit. Elle portait une robe vert pâle qu'il avait achetée à son intention et qu'elle avait retaillée. Ses lourds cheveux noirs étaient coiffés en un haut chignon. Elle l'embrassa et lui demanda de l'accompagner à la cuisine pendant qu'elle préparait le repas.

Pendant qu'elle s'affairait, Hal l'interrogea sur son passé. Une fois lancée sur ce sujet, elle était intarissable.

— ... et le peuple de mon père découvrit alors une planète semblable à la Terre où il s'établit. C'était une belle planète. C'est pour cela qu'ils l'appelèrent *Woubôpfay* — le beau pays. D'après mon père, il y avait près de trente millions d'habitants qui vivaient sur un seul continent. Mais l'existence héritée de ses grands-parents — labourer le sol, tenir des commerces, élever une multitude d'enfants — ne lui convenait pas. Avec quelques jeunes gens qui pensaient comme lui, ils prirent l'un des six astronefs à bord desquels les pionniers étaient arrivés et s'envolèrent vers les étoiles. Ils se posèrent sur Ozagen où la vaisseau s'écrasa. Rien d'étonnant : il était si ancien!

— Un de ces vieux engins à propulsion ionique? L'épave existe-t-elle toujours?

— Oui. Tout près de l'endroit où nous habitions avec mes sœurs, mes tantes et mes cousines.

— Ta mère est morte?

Jeannette hésita avant de secouer affirmativement la tête.

— Elle est morte en me mettant au monde. Mon père mourut plus tard. Tout au moins nous le tenons pour mort. Un jour il est parti à la chasse et n'est jamais revenu.

Hal plissa le front.

— Tu m'as dit que ta mère et tes tantes étaient les derniers êtres humains originaires d'Ozagen. Et tu m'as dit aussi un jour que Rastignac était le seul Terrien à ne pas avoir été tué lors de l'accident. Il s'est uni avec ta mère... et, si incroyable que cela paraisse, cette union entre un Terrien et une extra-terrestre a été fertile! Il y a vraiment là de quoi déconcerter mes collègues. Qu'une combinaison positive ait pu résulter de la confrontation d'êtres dont la chimie et les chromosomes étaient aussi différents, c'est là une notion qui contredit toutes les connaissances scientifiques admises! Mais le problème est ailleurs. La sœur de ta mère a également eu des enfants. Si les derniers mâles de l'humanité ozagénienne étaient morts des années avant l'arrivée de Rastignac, qui était le père de tes cousines?

— Jean Rastignac, mon propre père. Il était à la fois le mari de ma mère et de mes trois tantes. Toutes affirmaient que c'était un amant merveilleux, plein d'expérience et très viril.

— Oh! bredouilla Hal.

Il la regarda en silence préparer le repas. Quand elle eut terminé, il avait en partie digéré sa surprise. Après tout, la conduite de ce Français n'avait pas été tellement plus répréhensible que la sienne. Peut-être même l'était-elle moins. Il ricana. Il était facile d'accuser autrui de succomber à la tentation alors que l'on se trouve dans la même situation. Qu'aurait fait Pornsen si Jeannette s'était tournée vers lui?

— ... et il ne m'a pas été difficile d'échapper aux wogs, disait-elle. Ils ne me surveillaient pas de très près. Ils avaient fini de m'étudier. *Mô tiou,* ces tests! Des questions, toujours des questions! Ton ami Fobo me demandait toutes sortes de choses. Il voulait déterminer mon intelligence, ma personnalité, etc. Il m'a fait examiner par des tas d'appareils. Ses collègues et lui m'ont littéralement retournée comme un gant. Ils m'ont photographiée de l'intérieur. Ils m'ont montré mon squelette, mes organes, tout, absolument tout. Très intéressant, disaient-ils. Tu te rends compte! J'étais livrée à leur cusiosité, exposée comme jamais une femme ne l'a encore été, et eux ils trouvaient cela intéressant! Je te jure!

Hal éclata de rire.

— Tu ne peux quand même pas leur demander d'avoir l'attitude d'un mammifère mâle envers un mammifère femelle... Enfin, je veux dire...

Elle le dévisagea en haussant les sourcils.

— Je suis donc un mammifère?

— De façon évidente, indiscutable, irréfutable et enthousiasmante.

— Pour cela, tu as droit à un baiser!

Elle se pencha et colla sa bouche sur celle de Hal. Il se raidit — c'était sa réaction habituelle quand son ex-femme proposait de l'embrasser.

Mais Jeannette devait s'y attendre car elle lui dit :

— Tu es un homme, pas une colonne de pierre. Et moi, je suis une femme qui t'aime. Ne te contente pas de te laisser faire. Toi aussi, embrasse-moi... Oh! pas si fort! — Embrasse-moi. Il ne s'agit pas de m'écraser la bouche. Sois doux. Il faut que tes lèvres se confondent avec les miennes, se mêlent aux miennes. Tu vois?

Le bout de sa langue frétillait sur celle de Hal. Enfin elle se rejeta en arrière, souriante, les paupières mi-closes. Ses lèvres étaient d'un rouge éclatant. Hal tremblait, la respiration entrecoupée.

— Les gens de ton pays se figurent-ils que la langue sert uniquement à parler? Pensent-ils que ce que j'ai fait est un péché? Une irréalité?

— Je ne sais pas. C'est un sujet dont personne n'a jamais discuté.

— Cela t'a plu, je le sais. Pourtant c'est avec la même bouche que je mange. Et tu veux que je la cache derrière un voile quand nous sommes à table.

— Ce n'est plus la peine, balbutia-t-il. J'y ai réfléchi. Il n'y a pas de raison valable pour être voilés quand on mange. La seule chose, c'est que l'on m'avait appris que c'était répugnant.

— Eh bien, passons à table. Quand nous aurons dîné, nous boirons et nous parlerons de nous. Ensuite nous ferons tout ce que nous aurons envie de faire.

Les progrès de Hal étaient rapides. Il ne rougit même pas.

15

Quand ils eurent fini de dîner, Jeannette dilua du jus de coléo dans une carafe d'eau, y versa un liquide pourpre qui donna au breuvage une odeur de jus de raisin et jeta dans le récipient quelques brindilles d'une plante orange. Enfin elle rajouta quelques cubes de glace. Ainsi préparée, la boisson n'avait rien d'écœurant. C'était frais et Hal trouva même effectivement au breuvage un goût de raisin.

— Pourquoi est-ce moi que tu as choisi et non Pornsen? demanda-t-il.

Elle s'assit sur ses genoux, lui passa un bras autour du cou. Elle tenait son verre dans sa main libre.

— Oh! c'est que tu étais si beau et lui si laid! Et puis je sentais que je pouvais avoir confiance en toi. Je savais qu'il fallait être prudente. Mon père m'a parlé des Terriens. Il disait qu'on devait toujours se méfier d'eux.

— C'est bien vrai! Mais tu dois avoir une intuition qui te guide, Jeannette. Si tu avais des antennes, je penserais que tu es capable de détecter les émanations nerveuses. Tiens... On va voir!

Il passa ses doigts dans les cheveux de la jeune femme mais elle détourna la tête et se mit à rire.

Il rit avec elle et lui caressa l'épaule.

— Je suis probablement le seul membre du personnel de l'astronef qui ne pouvait pas te trahir. Mais maintenant je suis au pied du mur. Ta présence chez moi, vois-tu, éveille le Régresseur. Elle me met dans une situation dangereuse — mais je n'y renoncerai pour rien au monde.

» Cependant ce que tu m'as dit de ces appareils à rayons X me tracasse. Jusqu'ici nous n'en avons pas vu. Les wogs les cachent-ils? Dans ce cas, pourquoi? Nous savons qu'ils connaissent l'électricité et sont théoriquement capables d'inventer des machines à rayons X. S'ils les dissimulent, peut-être est-ce parce qu'elles dénoteraient une technologie beaucoup plus avancée. Pourtant cela paraît déraisonnable. Il est vrai que nous connaissons peu de chose de la culture de Siddo. Nous sommes ici depuis trop peu de temps et nous n'avons pas d'effectifs assez importants pour mener une enquête en profondeur.

» Peut-être suis-je trop soupçonneux. Néanmoins il faudrait que j'en informe Macneff. Mais je ne peux pas lui dire comment ce renseignement m'est parvenu. Je n'oserais même pas mentir sur ma source d'information. Je suis confronté à un dilemme.

— Un dilemme? C'est une bête dont je n'avais jamais entendu parler.

Il la serra plus fort contre lui :

— J'espère que tu n'en entendras jamais parler.

— Ecoute, fit-elle en le regardant avec ardeur. Pourquoi raconter tout cela à Macneff? Si Siddo attaque l'Union et la conquiert, laisse faire. Pourquoi ne pas nous enfuir tous les deux sur ma planète natale?

— Il s'agit de mon peuple, de mes compatriotes! s'exclama Hal, scandalisé. Ils... nous sommes des Sigménites. Comment pourrais-je les trahir?

— Tu trahis déjà les tiens en me gardant chez toi, rétorqua-t-elle avec gravité.

— Oui... je sais. Mais ce n'est pas une grave trahison, pas une vraie trahison. En quoi le fait de te cacher leur nuit-il?

— Que tu leur nuises ou pas, cela m'est égal. Ce qui m'inquiète, c'est le mal que tu peux te faire à toi-même.

— A moi-même? Je n'ai jamais rien fait de mieux au cours de mon existence!

Jeannette éclata d'un rire ravi et lui baisa les lèvres.

Il fronça les sourcils :

— C'est sérieux, Jeannette. Tôt ou tard — et sans doute bientôt — il nous faudra prendre une décision définitive. Je veux dire trouver une cachette souterraine. Par la suite, quand tout sera fini, nous ressortirons et nous aurons au moins quatre-vingts ans de tranquillité : le temps nécessaire pour que le *Gabriel* regagne la Terre et que la flotte de colonisation arrive à son tour. Nous serons comme Adam et Eve. Rien que toi, moi et des bêtes.

— Que veux-tu dire? fit-elle en écarquillant les yeux.

— Simplement ceci : nos spécialistes travaillent nuit et jour sur des échantillons de sang de wogglebug. Ils espèrent créer un semi-virus artificiel qui se fixera au cuivre des cellules vertes du sang des wogs et modifiera les propriétés électrophorétiques des cellules.

— *'Oma?*

— Je vais essayer de t'expliquer, même s'il me faut pour y arriver utiliser un mélange d'américain, de français et de siddonite. C'est une forme de ce semi-virus artificiel qui a décimé la population de la Terre pendant la Guerre Apocalyptique. Inutile d'entrer dans les détails historiques et de remonter aux origines de ce conflit. Sache seulement que ce sont les colons de Mars qui ont secrètement répandu ce produit dans l'atmosphère terrestre. Ils opérèrent à bord de vaisseaux croisant dans l'espace. Les descendants des Terriens établis sur Mars, qui se considéraient comme d'authentiques Martiens, avaient à leur tête Sigfried Russ, le plus pervers des hommes qui aient jamais existé. C'est du moins ce que prétendent les manuels d'histoire.

— Je ne comprends pas un mot de ce que tu racontes.

La physionomie de Jeannette était sérieuse. Elle ne quittait pas Hal des yeux.

— Tu saisiras l'essentiel. Les quatre vaisseaux martiens, se présentant comme des navires marchands orbitant autour de la planète avant d'effectuer leur entrée, lâchèrent des milliards de ces virus, invisibles amas de protéines qui dérivèrent au gré des courants aériens, s'éparpillant d'un bout à l'autre du monde qu'ils recouvrirent comme une brume infiniment ténue. En pénétrant dans l'organisme humain, ces molécules se fixaient à l'hémoglobine des cellules rouges du sang auxquelles elles donnaient une charge positive. Alors l'hémoglobine se cristallisait, provoquant une anémie sanguine artificielle. Cette anémie était beaucoup plus rapide et plus pernicieuse que l'anémie naturelle car c'était la totalité des globules sanguins, et non une fraction d'entre eux, qui étaient affectés. Ils se désagrégeaient rapidement, le transport de l'oxygène était alors interrompu et le corps mourait. Presque toute l'humanité périt ainsi, Jeannette. Faute d'oxygène.

— Je crois que j'ai presque tout compris. Mais il y eut quand même des survivants?

— Oui. Les gouvernements de la Terre devinèrent très vite ce qui se passait. Ils bombardèrent Mars à l'aide de missiles conçus pour causer des séismes et la plupart des colonies martiennes souterraines furent détruites.

» Un million de personnes à peu près survécut sur chaque continent de la Terre. Dans certaines régions, la population était restée virtuellement intacte. Pourquoi? On ne le sait pas exactement. Peut-être des vents favorables avaient-ils fait dévier les virus. Et ceux-ci, lorsqu'ils tombaient sur le sol, mouraient au bout d'un certain temps.

» Toujours est-il que les îles Hawaii et l'Islande échappèrent à la catastrophe. Israël aussi, comme si la main de Dieu l'avait protégé. Le sud de l'Australie et les monts du Caucase furent également épargnés. Par la suite, ces groupes de nations essaimèrent hors de leurs frontières, absorbant les survivants dans les zones dont ils s'emparaient, sauf dans les jungles de l'Afrique et de la péninsule malaise, où il restait encore suffisamment d'indigènes en vie pour réoccuper leurs terres avant que les colons venus des îles et d'Australie puissent mettre la main dessus.

» Or, ce qui est arrivé sur Terre va arriver ici, sur cette planète. Au moment voulu, le *Gabriel* crachera des missiles remplis de cette charge de mort. Seulement, les virus seront adaptés au sang des Ozagéniens. Les missiles tourneront autour de la planète, semant une invisible moisson de mort. Et partout... partout...

— Chut! dit Jeannette en posant son doigt sur les lèvres tremblantes de Hal. Je ne sais pas ce que sont les protéines, les molécules et ces... ces charges électro-frénétiques. Cela me passe au-dessus de la tête. Mais ce que je sais, c'est que tu as peur. A mesure que tu parlais, ta voix devenait plus stridente et tes yeux s'écarquillaient. Quelqu'un t'a terrorisé autrefois. Non! Ne m'interromps pas. On t'a terrorisé et tu as été suffisamment un homme pour cacher presque entièrement ta peur. Mais ceux qui t'ont aussi horriblement terrifié étaient tellement habiles que tu n'as pas pu surmonter cette peur. Eh bien... (Elle approcha ses lèvres de l'oreille de Hal et poursuivit dans un murmure :) je te délivrerai de cette peur... Je te guiderai hors de la vallée de la peur. Non... Ne proteste pas! Je n'ignore pas qu'il t'est pénible qu'une femme sache que tu as peur. Mais cela n'ôte rien à mon estime pour toi. Je t'admire d'autant plus que tu as remporté une victoire sur toi-même. Je sais le courage qu'il t'a fallu pour affronter le Grand Test. Et je sais que c'est pour moi que tu l'as affronté. J'en suis fière et je t'aime d'avoir eu cette audace. Et je sais aussi qu'il te faut du courage pour me cacher chez toi en risquant à tout instant la disgrâce et une mort certaine. Je sais tout ce que cela représente. Je le sais parce que ma nature, mon instinct, mon rôle et mon amour me l'apprennent.

» A présent buvons ensemble. Ces murs nous abritent et nous protègent des choses terrifiantes. Rien n'existe ici en dehors de nous. Bois. Et aime-moi. Je t'aime, Hal, et nous n'avons pas à nous soucier du reste du monde pour le moment présent. Oublie-le entre mes bras.

Ils échangèrent des baisers, des caresses, et les mots qu'ont toujours dits les amants.

Entre deux baisers, Jeannette remplissait les verres de la liqueur pourpre et ils les vidaient. Hal avalait le breuvage sans difficulté. Décidément, c'était moins l'idée de boire de l'alcool que l'odeur même qui le rendait malade. Il suffisait que son odorat fût trompé pour que son estomac le fût également. Et plus il buvait, plus il avait envie de boire.

Après avoir ainsi vidé trois grands verres, il se leva, prit Jeannette dans ses bras et la porta jusque dans la chambre. Elle lui embrassa le cou et il eut l'impression, au contact de ses lèvres sur sa peau, qu'une décharge électrique le secouait, gagnait son cerveau, se propageait dans sa poitrine où son cœur battait à grands coups, descendait dans son ventre brûlant, dans son sexe soudain gonflé, glissait jusqu'à la plante de ses pieds bizarrement placés. Quand il la tenait ainsi dans ses bras, il n'éprouvait certes pas la répulsion qui s'emparait de lui lorsqu'il s'agissait de remplir son devoir envers Mary et le Clergétat.

Pourtant, au cœur même de son extase impatiente, il y avait encore un îlot de résistance. Petit mais présent, tache sombre au milieu de l'incendie. Hal ne pouvait pas s'abstraire totalement, il se demandait s'il reculerait comme cela lui était arrivé parfois quand il se glissait dans le lit et, dans l'obscurité, s'approchait de Mary.

Et ce noyau de doute était un germe de panique. Si c'était l'échec, il se tuerait! C'en serait fait à jamais.

Non, se disait-il. Ce n'était pas possible. Pas avec le corps de Jeannette dans ses bras. Pas avec ses lèvres contre les siennes.

Il l'étendit sur la couche et alla éteindre la plafonnier. Mais elle alluma la lampe fixée au-dessus du lit.

— Pourquoi fais-tu ça? dit-il, s'immobilisant.

Il sentait la panique monter en lui et, en même temps, la passion refluer. Comment donc avait-elle pu se déshabiller si rapidement sans qu'il ait eu le temps de s'en apercevoir?

Elle lui sourit.

— Te rappelles-tu ce que tu m'as dit l'autre jour? Cette magnifique citation : *Et Dieu dit : que la lumière soit.*

— Nous n'avons pas besoin de lumière.

— Moi, j'en ai besoin. Il faut que je puisse te voir tout le temps. L'ombre ôte la moitié du plaisir. Je veux te voir dans l'amour.

Elle se redressa pour régler l'inclinaison de la lampe; ses seins se soulevèrent et, à cette vue, Hal éprouva une angoisse presque insurmontable.

— Voilà... murmura-t-elle. Maintenant je pourrai voir ton visage. Surtout à l'instant où je saurai le mieux que tu m'aimes.

Elle allongea un pied et caressa le genou de Hal de son orteil. Peau contre peau... et ce geste décida Hal comme si le doigt d'un ange lui indiquait doucement son destin. Il s'agenouilla sur le lit et elle replia la jambe pour que son pied restât comme incrusté dans sa chair.

— Hal, Hal, dit-elle dans un souffle. Que t'ont-ils fait? Qu'ont-ils fait aux hommes? Je sais d'après ce que tu m'as dit que tous sont comme toi. Que vous ont-ils fait? Ils vous ont appris à haïr au lieu d'aimer, et la haine, ils l'ont appelée l'amour. Ils ont fait de vous des moitiés d'hommes, afin que l'ardeur emprisonnée en vous puisse se tourner contre l'ennemi — et les timides amants que vous êtes deviennent alors de féroces guerriers.

— Ce n'est pas vrai, protesta-t-il.

— C'est vrai : il suffit de te regarder pour le savoir.

Elle déplaça son pied et dit :

— Viens plus près.

Toujours agenouillé, il se baissa davantage; alors elle noua ses bras autour de lui et l'attira contre sa poitrine.

— Mets ta bouche là. Redeviens un bébé. Je t'apprendrai à oublier la haine et à la remplacer par l'amour. Alors tu deviendras un homme.

— Jeannette, Jeannette... gémit-il d'une voix rauque. (Il leva le bras pour éteindre la lampe.) Il ne faut pas de lumière.

Mais elle l'immobilisa :

— Si. Il faut de la lumière. (Toutefois elle se reprit :) Soit! Eteins s'il faut que tu retournes aux ténèbres, très loin, pour renaître. Eteins un moment, et après ce sera la lumière.

— Non! s'écria-t-il avec rage. Laissons allume. Je ne suis pas dans le sein de ma mère. Je ne veux pas y retourner, je n'en ai pas besoin. Je te prendrai comme une armée prend une ville.

— Ne sois pas un guerrier, Hal, soit un amant. Aime-moi, ne me viole pas. Tu ne pourras pas me prendre parce que je me rendrai à toi.

Posant une main douce sur le corps de Hal, elle arqua légèrement les reins. Et, brusquement, il fut assiégé. Il éprouva un choc, comme lorsqu'elle lui avait embrassé le cou, mais incomparablement plus intense.

Il enfouit son visage dans l'épaule de Jeannette mais elle le repoussa des deux mains avec une force surprenante.

— Non, il faut que je te voie. Surtout quand ce sera *le moment*. Je veux te voir te perdre en moi.

Et, jusqu'au bout, elle garda les yeux ouverts comme si elle essayait de graver à jamais les traits de son amant sur chacune des cellules de son corps.

Hal n'en fut même pas déconcerté car il n'eût pas réagi si l'Archuriélite en personne avait frappé à la porte. Toutefois il remarqua, sans en avoir conscience, que les pupilles de Jeannette s'étaient contractées : elles étaient minuscules comme des têtes d'épingle.

16

Les alcooliques de l'Union n'étaient pas soignés : on les expédiait en Enfer. Aussi, aucune thérapeutique de désintoxication, qu'elle fût psychologique ou narcotique, n'avait-elle été mise au point. Hal, bien décidé à guérir Jeannette de son vice, alla chercher un remède auprès de ceux-là mêmes qui l'avaient contaminée. Toutefois il prétendit que c'était pour lui.

— On boit beaucoup sur Ozagen mais ce n'est pas bien grave, lui dit Fobo. Les alcooliques sont peu nombreux et une cure empathique, complétée par des soins médicaux évidemment, suffit à leur restituer leur équilibre. Pourquoi ne me permettez-vous pas de vous traiter par empathie?

— Je regrette mais mon gouvernement interdit cette pratique.

Il avait déjà usé du même prétexte pour s'excuser de ne pas inviter le wog chez lui.

— Eh bien, quel gouvernement coercitif! s'exclama Fobo tandis qu'une de ses fréquentes et bruyantes crises d'hilarité le secouait. (Quand il eut repris son calme, il enchaîna :) Il vous est également interdit de toucher à l'alcool mais cela ne vous empêche pas d'en boire. L'illogisme est dans la nature humaine! Mais parlons sérieusement. J'ai exactement ce qu'il vous faut. Un produit qui s'appelle l'euphorine. On le mélange à la ration quotidienne d'alcool. Progressivement, on augmente la dose et on diminue l'alcool. Au bout de deux ou trois semaines, le patient boit un breuvage composé à 96% d'euphorine. Le goût est pratiquement inchangé. Il est très rare que la personne ainsi traitée s'aperçoive de quelque chose. A la longue, le buveur triomphe de son intoxication alcoolique. Mais il y a un inconvénient. (Il fit une pause et ajouta :) Le malade guéri est intoxiqué par l'euphorine dont il ne peut plus se passer!

Nouvelle crise d'hilarité. Fobo se frappait les cuisses et secouait la tête si fort que son long nez cartilagineux en vibrait. Il riait aux larmes.

Quand il se fut apaisé et eut essuyé ses yeux à l'aide d'un mouchoir en forme d'étoile de mer, il reprit :

— En réalité, l'euphorine a pour effet de libérer le patient des tensions qui l'ont conduit à s'adonner à la boisson. Alors, on peut commencer la cure empathique et, en même temps, réduire l'absorption du stimulant. Comme je suis dans l'incapacité de vous faire avaler le remède à votre insu, je mise sur le fait que vous souhaitez sérieusement guérir. Quand vous serez prêt pour la cure thérapeutique, prévenez-moi.

Hal regagna son appartement avec le flacon.

Chaque jour, il mêla soigneusement et progressivement la dose d'euphorine au jus de coléo qu'il rapportait à Jeannette, espérant qu'il se montrerait suffisamment psychologue pour la désintoxiquer lorsque le remède aurait fait son effet.

Ce dont il n'avait pas conscience, c'était que Fobo était en train de le « désintoxiquer » lui-même. Au cours de leurs conversations presque quotidiennes, l'empathiste semait dans l'esprit du Terrien des doutes sur la religion et la science en honneur chez les Sigménites. Le wog avait lu la biographie d'Isaac Sigmen et ses œuvres : la *Pré-tora, Le Talmud d'Occident,* les *Ecritures corrigées,* les *Fondements du sérialisme, du temps et de la théologie, Le moi et le monde.* Calmement assis à sa table, un verre de jus de fruit à la main, il contestait les bases mathématiques sur lesquelles s'appuyaient les dunnologistes. Hal démontrait, Fobo réfutait. Il prouvait que leurs mathématiques étaient, pour l'essentiel, fondées sur des hypothèses contredites par les faits, que les arguments de Dunne et de Sigmen reposaient sur trop de fausses analogies, de métaphores et d'interprétations gratuites. Si on supprimait ces arcs-boutants, tout l'édifice s'effondrait.

— De plus, mon cher ami, permettez-moi de souligner une contradiction prise parmi les dizaines d'autres que renferme votre théologie. Vous professez, vous autres Sigménites, que chacun est responsable de tout ce qui lui arrive, que seul le moi est à blâmer. Si vous, Hal Yarrow, vous trébuchez sur un jouet qu'un enfant insouciant a laissé traîner et vous écorchez le coude, c'est en réalité que vous vouliez vous faire mal. Si vous êtes grièvement blessé dans un « accident », ce n'est pas un accident : vous avez consenti à actualiser une potentialité. A l'inverse, vous auriez pu convenir avec votre moi d'échapper audit accident et auriez ainsi actualisé un futur différent.

» Si vous commettez un crime, c'est que vous le souhaitez. Si vous vous faites prendre, ce n'est ni que vous avez agi stupidement, ni que les Uzzites ont été plus intelligents que vous, ni que les circonstances leur ont permis de vous capturer. Non : c'est que vous vouliez vous faire prendre. Vous avez vous-même organisé d'une certaine façon les circonstances extérieures.

» Si vous mourez, c'est parce que vous voulez mourir et non parce que quelqu'un a braqué un pistolet sur vous et appuyé sur la détente. Vous mourez parce que vous avez voulu intercepter la balle. Vous êtes d'accord avec l'assassin pour admettre que vous pouvez être tué.

» Evidemment, cette philosophie, cette foi est très *shib* pour le Clergétat car vous ne pouvez rien lui reprocher s'il vous châtie, s'il vous exécute, s'il vous force à payer des impôts injustes ou s'il viole les libertés civiles. Il est évident que, si vous ne l'aviez pas voulu, vous n'auriez pas permis que l'on vous traitât de la sorte. Et si vous êtes en désaccord avec le Clergétat et tentez de le braver, c'est manifestement que vous cherchez à réaliser un pseudofutur condamné par le Clergétat. Vous, individu, vous ne pouvez pas vaincre.

» Mais écoutez-moi bien. Vous croyez également que vous êtes parfaitement libre de déterminer le futur. Or, le futur a été déterminé parce que Sigmen a voyagé dans le temps pour le préparer. Son frère, Jude Changer, peut passagèrement perturber le futur et le passé mais Sigmen rétablira en définitive l'équilibre désiré. Je vais alors vous poser une question : comment pouvez-vous personnellement déterminer le futur alors que celui-ci a été déterminé et prophétisé par Sigmen? L'un des deux futurs peut être valable mais pas les deux à la fois.

— C'est une question que je me suis déjà posée, répondit Hal.

Ses joues le brûlaient, il avait l'impression d'avoir un poids énorme sur la poitrine et ses mains tremblaient.

— Avez-vous interrogé quelqu'un à ce sujet?

— Non, avoua Yarrow avec le sentiment d'être pris au piège. Nous étions, bien entendu, autorisés à poser des questions à nos maîtres. Mais celle-ci ne figurait pas sur la liste.

— Voulez-vous dire que les questions à poser étaient préparées d'avance et que c'était une liste limitative?

— Et pourquoi non? s'exclama Hal avec hargne. Ce système était tout à l'avantage des étudiants. Le Clergétat savait par expérience quelles questions ils posaient. Il en a établi le catalogue à l'intention des élèves les moins doués.

— Je ne vous chicanerai pas sur ce qualificatif. Et je suppose que toute question étrangère à la liste était considérée comme dangereuse, comme prédisposant à l'irréalisme de la pensée?

Hal hocha piteusement la tête.

Fobo poursuivit sans pitié sa dissection. Son attaque dépassa largement en pouvoir destructeur tout ce qu'il avait dit précédemment car, cette fois, c'était au moi sacro-saint de Sigmen en personne qu'il s'en prenait.

L'analyse des biographies et des écrits théoriques du Précurseur, soutenait-il, démontrait aux yeux du lecteur objectif que Sigmen était sexuellement impuissant, qu'il haïssait la femme, qu'il avait un complexe messianique, des tendances paranoïaques et schizophréniques, lesquelles faisaient parfois craquer sa carapace glacée et s'extériorisaient par des explosions frénétiques de caractère scientifico-religieux.

— D'autres hommes ont dû marquer leur époque de l'empreinte de leur personnalité et de leurs idées, dit-il. Mais Sigmen avait un avantage sur ses prédécesseurs. Grâce aux sérums de rajeunissement, il put vivre assez longtemps, non seulement pour fonder un certain type de société, mais aussi pour la consolider et en extirper les faiblesses. Quand il mourut, le ciment maintenant en place l'édifice social qu'il avait bâti s'était durci.

— Mais le Précurseur n'est pas mort! s'insurgea Yarrow. Il est parti dans le temps. Il est toujours avec nous, il voyage dans la durée, tantôt dans le passé et tantôt dans le futur. Il est présent chaque fois qu'il faut transformer le pseudotemps en temps réel.

Fobo sourit.

— Ah oui! C'est pour cela que vous avez voulu visiter les ruines, n'est-ce pas? Votre but était d'examiner les fresques suggérant que les humains d'Ozagen avaient reçu la visite d'un homme venu d'une autre étoile? Vous pensiez qu'il pouvait s'agir du Précurseur?

— Je continue de le croire. Mais, après avoir

enquêté, j'admets que les indices ne sont pas probants bien que le personnage ressemble plus ou moins à Sigmen. Le Précurseur s'est-il bien rendu sur cette planète il y a quelque mille ans? La question n'est pas tranchée.

— Supposons qu'il y soit venu. Je maintiens que vos thèses sont absurdes. Vous prétendez que ses prédictions se sont réalisées. Je réponds : premièrement qu'elles sont rédigées de façon ambiguë et, deuxièmement, que si elles se sont réalisées, c'est à la suite des efforts acharnés de votre puissant Etat clérical — le Clergétat comme vous l'appelez de manière fort économique — qui a fait tout ce qui était en son pouvoir pour que les prophéties se révèlent vraies.

» En outre, cette société pyramidale qui est la vôtre — cette administration fondée sur les anges gardiens, où il y a un *agi* pour vingt-cinq familles, chargé de surveiller ceux dont il a la garde jusque dans les détails les plus intimes et les plus infimes de leur existence, où chaque *agi* familial est supervisé par un *agi* de bloc, où un *agi* coordinateur est placé à la tête de chaque groupe de cinquante *agi* de blocs, etc., etc. — cette société a pour fondement la peur, l'ignorance et la coercition.

En général, quand la discussion prenait une telle tournure, Hal, bouleversé, furieux et scandalisé, se levait. Fobo le rappelait et le mettait au défi de réfuter son argumentation. Yarrow se répandait en injures. Quand il avait fini, Fobo le priait de se rasseoir pour reprendre la discussion. Ou bien il perdait son sang-froid : alors le Terrien et le wog s'insultaient sauvagement. Deux fois, ils en vinrent aux mains. Hal saigna du nez et Fobo eut un œil poché. Alors l'empathiste, les larmes aux yeux, embrassait son ami, le suppliait de lui pardonner; tous deux se rasseyaient et se calmaient en buvant.

Hal savait qu'il n'aurait pas dû écouter Fobo, qu'il n'aurait pas dû accepter d'entendre de telles irréalités. Mais il était incapable de tourner les talons. Et il avait beau en vouloir à Fobo, les rapports qui s'étaient noués entre eux lui procuraient une curieuse satisfaction. Il ne pouvait pas couper les ponts et se détourner de ce personnage dont les discours étaient encore plus dévastateurs que les homélies de Pornsen.

Ces incidents, il en faisait part à Jeannette qui le poussait à revenir sans fin sur ce sujet afin, en parlant, de se purger de ses tensions, de ses griefs, de ses haines, de ses doutes. Après, ils faisaient l'amour comme Hal n'aurait jamais pensé que ce fût possible. Pour la première fois, il comprenait que l'homme et la femme pouvaient n'être qu'une seule et même chair. Du temps de Mary, chacun restait enfermé dans sa propre forteresse, mais Jeannette connaissait la géométrie capable de l'extraire de lui-même et la chimie qui faisait fusionner leur être.

L'amour était toujours précédé d'absorption d'alcool et la lumière demeurait allumée. Mais, à présent, Yarrow ne s'en souciait plus. Sans le savoir, Jeannette buvait maintenant de l'euphorine presque pure et Hal s'était habitué à la lampe. C'était l'un des caprices de la jeune femme. Ce n'était pas qu'elle eût peur de l'obscurité : elle n'exigeait la lumière qu'au moment de l'amour. Hal ne comprenait pas pourquoi. Peut-être voulait-elle que l'image de son amant s'imprimât dans sa mémoire pour la conserver à jamais, même si elle le perdait. Dans ce cas, eh bien, qu'elle laisse la lumière allumée!

A sa clarté, il explorait le corps de sa compagne avec un intérêt autant anthropologique que sexuel. La multitude de petites différences qu'il constatait entre l'anatomie de Jeannette et celle des femmes de la Terre l'enchantait et le stupéfiait. La voûte du palais comportait un minuscule appendice, peut-être le rudiment d'un organe qui avait depuis longtemps cessé d'être fonctionnel. Elle avait vingt-huit dents et pas de dents de sagesse. Il se pouvait que ce fussent là des caractéristiques propres à la race de sa mère.

Il suspectait Jeannette de posséder des muscles pectoraux surnuméraires ou alors un jeu de muscles normal mais extraordinairement développé. Ses seins, volumineux et coniques, ne s'affaissaient pas. Hauts et fermes, ils pointaient vers le haut, idéal de beauté féminine si souvent reproduit au cours des âges par les sculpteurs et les peintres mais si rare à l'état naturel.

Elle n'était pas seulement agréable à regarder : il était agréable de vivre avec elle. Au moins une fois par semaine, quand il rentrait, elle l'accueillait avec une nouvelle toilette. Elle adorait la couture. Dans les étoffes qu'il lui apportait, elle taillait des corsages, des jupes et des robes. Et lorsqu'elle changeait de vêtement, elle modifiait aussi sa coiffure. Elle était toujours nouvelle, toujours belle, et pour la première fois Hal s'apercevait que la beauté est porteuse de joie.

Le don d'imitation de Jeannette l'enchantait également. Elle avait passé du français à l'américain pratiquement du jour au lendemain. Au bout d'une semaine, elle parlait plus vite que lui et avec plus d'expression. Par ailleurs, comme elle connaissait parfaitement Siddo, elle avait décidé que la meilleure façon de familiariser Hal avec ce continent était de lui lire des livres wogs. Il s'allongeait sur le divan tandis qu'elle s'installait sur une chaise. Son accent et sa prononciation accoutumaient Hal à la langue locale. Elle lui permettait de gagner du temps en lui traduisant les mots qu'il ne comprenait pas, ce qui épargnait au Terrien la peine de consulter le dictionnaire.

Elle aimait lui faire la lecture à haute voix mais les manuels techniques la lassaient. En outre, bien qu'elle connût parfaitement le siddonite courant, elle ignorait un grand nombre de termes scientifiques. Quand Hal la voyait trébucher ou hésiter sur un mot, il s'attendrissait et lui disait d'arrêter. C'est ainsi que, par exemple, il n'alla jamais jusqu'au bout de l'œuvre monumentale de We'naï, *L'ascension et la chute de l'homme sur Ozagen*.

Ce soir-là, Jeannette s'était bravement mise à la tâche comme à l'accoutumée. Sa voix grave et rauque s'efforçait de donner vie aux phrases un peu arides qu'elle lisait. Elle alla jusqu'au bout du premier chapitre qui décrivait la formation de la planète et les origines de la vie. Arrivée au second, elle bâilla ouvertement et regarda Hal, mais celui-ci ferma les yeux, feignant de ne s'apercevoir de rien. Jeannette poursuivit donc sa lecture. Le passage en cours expliquait comment les wogs, à l'étape préarthropode, avaient altéré leur évolution pour devenir des chordés.

L'auteur retraçait ensuite, au troisième chapitre, l'histoire de l'évolution des mammifères intervenue sur le second continent d'Ozagen, évolution dont l'apparition de l'homme avait été le point culminant.

— « Mais l'homme », lisait Jeannette, « avait comme nous ses parasites mimétiques. L'un de ces derniers était une espèce dérivée de l'insecte populairement appelé « cafard des bistrots ». Au lieu de ressembler à un wog, celui-ci avait une apparence humaine. Comme son homologue, il ne pouvait tromper une personne intelligente, mais ses dons alcoogènes le firent accepter par l'homme. Lié à son hôte depuis les temps primitifs, il devint partie intégrante de la civilisation de ce dernier et fut pour une large part responsable du déclin de l'homme.

» La disparition de l'humanité sur Ozagen n'est pas seulement due au cafard des bistrots. Cette créature est susceptible d'être contrôlée. Mais, comme il en va de la plupart des choses, on peut l'utiliser mal à propos et, alors, il devient une menace.

» Et l'homme en abusa. Il faut noter que, dans cette entreprise, il eut un allié. Un autre parasite quelque peu différent et qui était, si l'on peut dire, notre cousin en quelque sorte.

» Une chose, toutefois, différenciait cet insecte de nous et de l'homme comme de tous les autres animaux peuplant cette planète à l'exception de quelques espèces très inférieures. En effet, on a constaté dès l'examen des premiers fossiles qu'il était totalement... »

Jeannette referma le livre :

— Je ne connais pas le mot suivant. Faut-il

vraiment que je continue, Hal? C'est tellement ennuyeux !

— Inutile. Arrête-toi. Lis-moi plutôt un de ces *comics* que vous aimez tellement, les marins du *Gabriel* et toi.

Elle sourit — son sourire méritait d'être vu — et commença de lire le fascicule 1037, livre 56, des *Aventures de Leif Magnus, disciple bien-aimé du Précurseur, parmi les horreurs d'Arcturus.*

Hal l'écouta traduire avec effort le texte américain en wog populaire et, quand il en eut assez de ces banalités, il l'attira vers lui.

Comme toujours, la lampe brillait au-dessus d'eux.

Ils avaient cependant leurs disputes, leurs dissensions, leurs conflits.

Jeannette n'était ni une marionnette ni une esclave. Quand Hal faisait ou disait quelque chose qui ne lui plaisait pas, elle ne se gênait pas pour exprimer son opinion. Et s'il répondait par une raillerie et par des propos violents, elle lui ripostait sur le même ton.

Quelque temps après avoir caché Jeannette dans son *puka,* il rentra un beau soir, les joues hérissées de poils.

Jeannette l'embrassa et fit la grimace.

— Ça gratte, dit-elle. On dirait une râpe. Je vais chercher ta crème dépilatoire et t'enlever cette barbe moi-même.

— Non. Je ne veux pas.

— Pourquoi? demanda-t-elle. J'aime m'occuper de toi. Surtout pour que tu sois beau.

Elle ne tarda pas à revenir avec le dépilatoire.

— Maintenant, assieds-toi et ne t'occupe de

rien. Je me charge de tout. Pendant que j'ôterai ces fils de fer barbelés de ta figure, tu pourras méditer sur mon amour.

— Tu ne comprends pas, Jeannette ! Je ne peux pas me raser. Maintenant, je suis un laméchien et les laméchiens doivent porter la barbe.

Elle s'arrêta net.

— Comment? Tu es obligé d'être barbu? Tu veux dire que c'est la loi? Que tu serais un criminel si tu étais glabre?

— Non... Ce n'est pas exactement cela. Le Précurseur lui-même n'a jamais dit un mot à ce sujet et aucun décret n'a jamais été pris en ce sens. Mais... c'est la tradition. En outre, la barbe est honorifique. Seul celui qui est porteur du *lamech* a le droit de se la laisser pousser.

— Que se passerait-il si un non-laméchien en avait une?

— Je ne sais pas, répondit-il, une note de contrariété dans la voix. Le cas ne s'est jamais présenté. Personne n'aurait l'idée de se la laisser pousser sans en avoir le droit. C'est... c'est une de ces choses qui ne s'expliquent pas. Seul un étranger peut s'interroger à ce sujet.

— Mais c'est laid, la barbe. Et puis tu m'écorches les joues. Je préférerais presque embrasser un ressort à matelas.

— Eh bien, répliqua-t-il avec colère, ou bien tu apprendras à embrasser les ressorts à matelas ou bien tu te passeras de baisers. Parce qu'il faut que j'aie une barbe!

Elle s'approcha de lui :

— Ecoute-moi. Tu n'y es pas obligé. A quoi bon être un laméchien si tu ne disposes pas de plus de liberté qu'avant, si tu es contraint de faire ce que l'on attend de toi? Tu n'as qu'à ignorer la tradition!

A la fureur de Hal se mêlait un sentiment de panique. De panique parce qu'il risquait de s'aliéner Jeannette et de l'inciter ainsi à l'abandonner, et aussi parce qu'il savait que, s'il se rendait à ses raisons, les autres laméchiens du *Gabriel* le considéreraient comme suspect.

Aussi accusa-t-il la jeune femme d'être stupide, ce à quoi elle répliqua avec autant de véhémence que d'impétuosité. Ils se querellèrent. Ce ne fut que tard dans la nuit que Jeannette entama la procédure de réconciliation et l'aube était levée quand ils cessèrent de se prouver réciproquement leur amour.

Ce matin-là, Hal se rasa. Trois jours durant, tout se passa sans problèmes. Personne ne lui fit de remarque et il mit sur le compte de l'imagination son impression d'être regardé par ses collègues d'un air bizarre. Finalement, il conclut que nul n'y prêtait attention, le personnel du *Gabriel* étant trop pris par ses tâches. Et il commença à se demander s'il ne pourrait pas de la même façon échapper à quelques-unes des servitudes imposées par le port du *lamech.*

Mais, au matin du quatrième jour, Macneff le convoqua.

Le Sandalphon, assis derrière son bureau, se caressait la barbe. Ses yeux pâles restèrent braqués un long moment sur Hal avant qu'il daignât répondre au salut de ce dernier.

— Peut-être vos investigations chez les wogs vous ont-elles empêché de penser à autre chose, Yarrow, commença-t-il. Il est vrai que le cadre où nous vivons est anormal et que nous sommes tous obnubilés par notre grand projet. (Macneff se leva et se mit à faire les cent pas devant son visiteur.) Comme vous le savez, en tant que laméchien, vous avez non seulement des privilèges mais aussi des responsabilités, poursuivit-il.

— *Shib, abba.*

Macneff se retourna brusquement et braqua un doigt osseux sur Hal.

— Alors, tonitrua-t-il, le regard flamboyant, pourquoi ne vous laissez-vous pas pousser la barbe?

Hal sentit un froid soudain l'engourdir comme lorsqu'il était enfant et que son *agi* usait de la même technique. Et il éprouvait la même confusion mentale qu'alors.

— C'est-à-dire que je... je...

— Nous ne devons pas seulement faire des efforts pour parvenir au *lamech* : nous devons encore persévérer pour être digne de le porter. La pureté, et la pureté seule, la volonté inlassable d'y parvenir sont l'assurance du succès!

— Votre pardon, *abba*, fit Hal d'une voix tremblante. Mais je fais des efforts incessants pour être pur.

Il ne sut comment il trouva le courage de regarder le Sandalphon en face en prononçant ces mots. Lui qui vivait dans l'irréalité, mentir aussi outrageusement au grand et pur Sandalphon!

— Je ne savais pas que le port de la barbe pouvait avoir trait à la pureté. Il n'y a rien, ni dans *Le Talmud d'Occident* ni dans les œuvres du Précurseur, qui traite de la réalité ou de l'irréalité de la barbe.

— Cherchez-vous à m'apprendre ce que disent les Ecritures? s'exclama Macneff

— Non! Certes pas! Mais ce que je dis est vrai, n'est-ce pas?

Macneff se remit à arpenter la pièce.

— Nous devons être purs, nous devons être purs, répéta-t-il. Et le plus léger soupçon de pseudofutur, le plus infime abandon de la réalité peut nous souiller. Oui, Sigmen n'a jamais abordé ce problème mais il est admis depuis longtemps que seuls les purs peuvent imiter le Précurseur en se laissant pousser la barbe. Donc, pour être pur, il faut avoir l'air pur.

— Je suis pleinement d'accord avec vous, dit Hal en qui naissaient une vaillance et une fermeté nouvelles.

Il venait de se rendre compte qu'il était bouleversé parce qu'il réagissait en face de Macneff comme devant Pornsen. Mais Pornsen était mort, Pornsen était vaincu, ses cendres avaient été dispersées au vent. C'était Hal lui-même qui avait présidé la cérémonie.

— En temps ordinaire, poursuivit-il, j'aurais laissé pousser ma barbe. Mais, pour le moment, je vis parmi les wogs afin de les espionner avec le maximum d'efficacité. Or, j'ai découvert que la barbe était pour eux une abomination. Vous savez qu'ils sont imberbes. Ils ne comprennent pas pourquoi nous laissons pousser la nôtre alors que nous avons les moyens de l'éliminer. En présence d'un homme barbu, ils se sentent mal à l'aise et éprouvent un sentiment de dégoût. Si j'avais une barbe, je ne pourrais pas obtenir leur concours. Mais je suis décidé à me la laisser pousser dès que nos plans passeront à la phase d'application.

Macneff lissa sa barbe.

— Oui... C'est un argument. Après tout, les circonstances sont exceptionnelles. Mais pourquoi ne m'en avez-vous pas parlé?

— Vous êtes si surchargé de travail du matin au soir que je n'ai pas voulu vous importuner, répondit Hal, tout en se demandant si le Sandalphon prendrait la peine de vérifier le bien-fondé de ses assertions.

En effet, jamais les wogs ne lui avaient dit un mot touchant le problème de la barbe. Pour réfuter l'accusation de Macneff, il s'était inspiré d'une ancienne lecture ayant trait aux réactions initiales des Amérindiens brusquement confrontés aux hommes blancs et glabres.

Macneff s'étendit encore sur l'importance de la pureté avant de mettre fin à l'entretien.

Hal, encore chaviré par ce sermon, rentra chez lui. Il but plusieurs verres pour se calmer et en absorba encore quelques-uns pendant le dîner. Il s'était aperçu qu'en buvant suffisamment, il parvenait à surmonter la répulsion qu'il éprouvait en voyant Jeannette enfourner les aliments dans sa bouche nue.

Le remède, en un sens, avait des inconvénients car il ne se traduisait pas par des résultats positifs dans les recherches linguistiques qu'il menait. Il commençait à être en retard dans son travail. Mais, d'un autre côté, après ces libations, Jeannette et lui passaient invariablement un bon moment.

17

— Depuis quelque temps, tu fais une de ces consommations de nourriture! s'exclama un jour Yarrow, revenant des courses avec un gros paquet. Tu manges pour deux! Ou pour trois, peut-être.

Elle pâlit :

— *Mô shih!* Tu ne sais pas ce que tu dis!

Il posa le paquet et la prit par les épaules :

— Je le sais parfaitement. Il y a longtemps que j'y pense, mais je gardais le silence pour ne pas t'importuner. Es-tu enceinte?

Elle le regarda dans les yeux. Elle tremblait comme une feuille :

— Oh! non, c'est impossible!

— Pourquoi? Nous n'utilisons pas de contraceptifs.

— Oui. Mais ce n'est pas possible, je le sais — ne me demande pas comment je peux le savoir. Et ne parle plus jamais de cela, même pour rire. Je ne peux pas supporter ce genre de conversation.

Il la serra plus fort contre lui :

— Pourquoi? Parce que tu ne peux pas avoir d'enfants?

Elle secoua affirmativement la tête :

— Je sais que je ne peux pas en avoir. Ne me demande pas de t'expliquer comment je le sais.

Lui tenant toujours les épaules, il recula d'un pas.

— Je sais ce qui te tourmente, Jeannette. Nous appartenons, toi et moi, à des races différentes. C'était également vrai pour ton père et ta mère. Or, ils ont eu des enfants. Mais tu sais peut-être que, si l'âne et la jument peuvent procréer, la mule est stérile. Que le tiglon, produit de l'union du lion et de la tigresse, est stérile lui aussi. C'est vrai, n'est-ce pas? Et tu as peur d'être... comme la mule!

Des larmes jaillirent des yeux de Jeannette.

— Soyons réalistes, ma chérie, reprit Hal. Il se peut que tu sois stérile. Bon. Et alors? Le Précurseur sait que notre situation est assez délicate sans qu'il nous faille en plus un bébé pour la compliquer devantage. Ce serait de la chance que tu sois... euh... enfin, je t'ai et tu m'as. Je n'en demande pas plus.

Il essuya ses larmes, la cajola mais, tandis qu'il l'aidait à ranger les provisions dans le réfrigérateur, il ne pouvait s'empêcher de se poser des questions.

Jeannette absorbait des quantités anormales de nourriture depuis quelque temps. Surtout en ce qui concernait le lait. Mais l'admirable galbe de sa silhouette n'avait subi aucun changement. Si elle mangeait tant que cela, il y avait forcément une raison.

Un mois se passa. Il l'observait avec attention. Ce qu'elle ingurgitait était énorme. Néanmoins, rien ne se produisait et Yarrow mit ce mystère sur le compte de son ignorance du métabolisme de Jeannette.

Un autre mois s'écoula.

Ce jour-là, comme il quittait la bibliothèque du *Gabriel,* Turnboy, le *tchatout* historien, vint à sa rencontre.

— Il paraît que les techniciens ont enfin réussi à synthétiser la molécule antiglobine, annonça-t-il. Cette fois, je crois qu'il ne s'agit pas d'un faux bruit. Une conférence doit avoir lieu à 15 heures.

— *Shib*, répondit Hal en s'efforçant de ne pas trahir son trouble.

A 16 h 50, quand il quitta la salle de conférence, il baissait la tête. On avait déjà commencé à fabriquer le virus en série. D'ici à une semaine, il y en aurait suffisamment pour charger les six torpilles disséminatrices. Il était prévu qu'elles anéantiraient la cité de Siddo. Les missiles décriraient de larges spirales couvrant une vaste superficie. Les disséminateurs vidés, les projectiles regagneraient la base pour se faire recharger et feraient ainsi la navette jusqu'à ce que tous les wogs occupant la planète fussent exterminés.

En rentrant, Yarrow trouva Jeannette au lit, ses cheveux défaits formant une auréole noire sur l'oreiller. Elle lui adressa un pâle sourire qui lui fit oublier son angoisse.

— Qu'y a-t-il, Jeannette?

Il lui posa la main sur le front. La peau brûlante était sèche et rugueuse.

— Je ne sais pas. Depuis quinze jours, je ne

me sens pas bien, mais je n'ai pas voulu t'inquiéter. Je pensais que c'était fini, mais, aujourd'hui, j'allais si mal que j'ai été obligée de me recoucher après le petit déjeuner.

— Eh bien, on va te guérir.

Il avait parlé sur un ton plein d'assurance mais, en réalité, il était affolé. Si elle était gravement malade, il ne pourrait pas la faire examiner par un médecin ni se procurer de remèdes.

Les jours suivants, elle resta au lit. Sa température oscillait entre 38,6 le matin et 39,9 le soir. Hal la soignait de son mieux : il lui mettait des serviettes humides et des sacs de glace sur la tête, il lui donnait de l'aspirine. Elle ne s'alimentait plus. Elle ne voulait que du liquide et, tout le temps, réclamait du lait. Elle refusait même le jus de coléo et les cigarettes.

Plus encore que ce mal pernicieux, c'était le mutisme de Jeannette qui inquiétait Yarrow. Il l'avait toujours connue bavarde, primesautière, cocasse dans sa conversation. Elle savait aussi se taire mais c'était lorsqu'elle se passionnait pour quelque chose. A présent, elle le laissait parler et, quand il s'arrêtait, elle ne lui posait pas de questions, elle ne faisait nul commentaire.

Pour tenter de la sortir de cet état de prostration, il lui expliqua qu'il projetait de s'emparer d'un module et de la ramener chez elle, dans la jungle. Alors une lueur brilla dans le regard terne de Jeannette. Elle se dressa même sur son séant quand il posa sur ses genoux une carte du continent. Elle lui indiqua la région où elle avait vécu, lui décrivit la chaîne de montagnes tropicales et le plateau au sommet duquel ses tantes et ses sœurs s'étaient installées parmi les ruines d'une antique métropole.

Assis près du lit devant la petite table hexagonale, Hal étudia les coordonnées. De temps en temps, il levait la tête. Jeannette était couchée sur le côté; une blanche et délicate épaule sortait de l'emmanchure de la chemise de nuit. Dans la pénombre, ses yeux étaient dilatés.

— Il me suffira de voler une petite clé, lui dit Hal. Le compteur des modules est remis à zéro après chaque sortie. On peut faire cinquante kilomètres en manuel mais, au delà, l'engin s'arrête automatiquement et émet un signal d'identification. Cette précaution a pour but d'interdire aux gens de s'enfuir. Cependant, il est possible de déverrouiller le pilotage automatique et de couper l'émission du signal. Pour cela, je n'aurai besoin que d'une petite clé que je peux me procurer. Ne t'inquiète pas.

— Tu dois vraiment m'aimer très fort.

— Bien sûr que je t'aime!

Elle se souleva pour l'embrasser. Ses lèvres, naguère douces et humides, étaient maintenant sèches et rêches, comme si la peau était en train de se transformer en corne.

Hal se replongea dans ses calculs. Une heure plus tard, il leva les yeux en entendant Jeannette soupirer. Ses paupières étaient closes et sa bouche entrouverte. Son visage ruisselait de sueur.

Il espérait que la fièvre était tombée. Non. Le thermomètre indiquait 42°.

Elle murmura quelque chose.

Hal se pencha au-dessus d'elle.

— Comment?

Elle parlait dans une langue qu'il ne con-

naissait pas, celle de sa mère. C'était le délire.
Il émit un juron. Il fallait faire quelque chose, quelles qu'en soient les conséquences. Il se précipita dans la salle de bains, prit un cachet de somnifère dans un flacon et obligea non sans peine Jeannette à l'avaler. Puis il enfila une cape, coiffa son capuchon et se précipita vers la pharmacie wog la plus proche où il acheta trois seringues et de l'anticoagulant. De retour à l'appartement, il essaya de percer la veine du bras de la malade. Il ne réussit à enfoncer l'aiguille qu'à la quatrième tentative. Pas une seule fois Jeannette n'avait ouvert les yeux ou retiré son bras.

Hal poussa un soupir de soulagement quand les premières gouttes de sang apparurent à l'intérieur du cylindre transparent. Jusque-là, inconsciemment, il s'était mordu les lèvres en retenant son souffle. Soudainement, il se rendait compte que, depuis un mois, un atroce soupçon le rongeait, qu'il avait refoulé dans les oubliettes de son esprit. A présent il constatait à quel point c'était ridicule.

Le sang de Jeannette était rouge.

Il essaya de la réveiller pour obtenir un échantillon d'urine. D'étranges syllabes sortirent de la bouche déformée de Jeannette qui retomba aussitôt dans son sommeil — ou son coma. En désespoir de cause, dans son angoisse, il la gifla pour la ramener à la conscience.

Il poussa à nouveau un juron. Il aurait dû faire le prélèvement d'urine avant d'administrer le somnifère. Il avait agi de façon ridicule! Il perdait la tête, obnubilé par l'état de santé de sa compagne.

Il prépara du café très fort et réussit à lui en

faire boire une partie. Le reste dégoutta sur le menton de la jeune femme et se déversa sur sa chemise de nuit.

Fut-ce l'effet de la caféine ou l'insistance des supplications de Hal? En définitive, elle ouvrit les yeux assez longtemps pour qu'il pût lui expliquer ce qu'il attendait d'elle. Lorsqu'il eut recueilli le spécimen d'urine dans un flacon qu'il avait fait bouillir au préalable, il enveloppa le récipient et les seringues dans un mouchoir qu'il enfouit dans la poche de sa cape.

Il avait téléphoné pour que le *Gabriel* lui envoie une vedette. Un avertisseur hurla. Après un dernier regard à Jeannette, Hal ferma la chambre à double tour et s'élança dans l'escalier. Le module était au point fixe au-dessus du trottoir. Il s'y engouffra, s'installa et appuya sur le bouton de démarrage. L'engin s'éleva à trois cents mètres et, faisant un angle de onze degrés, mit le cap sur le parc où se dressait l'astronef.

Il n'y avait qu'un infirmier à la section médicale. A l'entrée de Hal, il se leva d'un bond.

— Ne vous dérangez pas, dit Yarrow. J'ai besoin d'utiliser le labo technique. Et je n'ai pas envie de remplir des questionnaires en trois exemplaires. C'est une affaire strictement personnelle, comprenez-vous?

Il avait enlevé sa cape pour que son interlocuteur vît bien le *lamech* d'or étinceler sur sa poitrine.

— *Shib,* grommela l'infirmier.

Hal lui donna deux cigarettes.

— Oh! merci.

L'homme en alluma une, se rassit et se replongea dans le *comic-book* qu'il était en train de lire : *Le Précurseur et Dalila dans la cité corrompue de Gaza.*

Yarrow gagna le laboratoire où l'infirmier ne pouvait le voir et régla les cadrans. Il inséra ses échantillons dans la machine à tester et attendit. Au bout de quelques secondes, l'énorme cube ronronna comme un chat satisfait. Une demi-heure plus tard, il y eut un borborygme et un voyant vert s'illumina : ANALYSE TERMINÉE.

Hal appuya sur un bouton. Un long ruban perforé jaillit d'une bouche de métal. Urine normale. Pas d'infection de ce côté. Numération globulaire et pH normaux.

Hal s'était demandé si la machine identifierait les cellules du sang de Jeannette. Toutefois il y avait de fortes chances pour que ces globules rouges fussent de type terrien. Pourquoi pas? L'évolution suit des chemins parallèles, même sur des planètes séparées par plusieurs années-lumière. Le disque biconcave est la forme optimale permettant le transport d'un maximum d'oxygène.

La machine déversait d'autres rubans perforés. Une hormone inconnue! Sa structure moléculaire était analogue à celle de l'hormone parathyroïde dont la fonction centrale est d'assurer la régulation du métabolisme du calcium.

Qu'est-ce que cela voulait dire? Etait-ce la présence de cette mystérieuse substance dans son sang qui était à l'origine de la maladie de Jeannette?

Cliquetis... Taux du calcium sanguin : 40 mg par unité.

Bizarre! Un pourcentage aussi considérable devait signifier que le seuil rénal était dépassé et, dans ce cas, l'excès de calcium aurait dû être évacué dans l'urine. Où cet excès de calcium pouvait-il bien passer?

Cette fois, ce fut un voyant rouge qui s'alluma : TERMINÉ.

Hal prit un manuel d'hématologie sur un rayon et l'ouvrit au chapitre du calcium. Quand il le reposa, il redressa les épaules. Un nouvel espoir? Peut-être. Apparemment, Jeannette était atteinte d'hypercalcémie, affection qui revêtait des aspects très différents, allant du rachitisme et de la stéomalacie à l'arthrite hypertrophique chronique. En tout état de cause, elle souffrait d'un trouble parathyroïdien.

Hal passa ensuite à la machine à pharmacie. Il appuya sur trois boutons, composa un numéro sur un cadran, attendit deux minutes, puis souleva un petit panneau. Un plateau jaillit de l'appareil, portant un étui de cellophane contenant une seringue hypodermique et un tube rempli d'un liquide bleu pâle. Une dose de sérum de Jesper, régulateur des fonctions parathyroïdiennes.

Yarrow le mit dans sa poche, remit sa cape et sortit. L'infirmier ne leva même pas les yeux.

Il se rendit sans perdre de temps à l'armurerie. Là, il présenta au magasinier un ordre d'enlèvement — rédigé en triple exemplaire — autorisant le porteur à prendre possession d'un automatique et d'un chargeur de cent cartouches explosives. Le préposé jeta un coup d'œil sur les signatures contrefaites — le *lamech* l'impressionnait lui aussi — et se mit en devoir de déverrouiller la porte. Hal prit le pistolet qu'il pouvait facilement dissimuler dans la paume de sa main et le glissa dans la poche de son pantalon.

Il répéta la même manœuvre un peu plus loin dans la chambre des clés. Ou, plus exactement, il essaya de la répéter.

Moto, l'officier de permanence, examina les documents et hésita.

— Je regrette, dit-il enfin, mais j'ai pour consigne de vérifier toutes les demandes avec le chef des Uzzites. Malheureusement, je ne pourrai pas le joindre avant une heure. Il est en conférence avec l'Archuriélite.

Hal reprit ses papiers :

— Tant pis. Je n'ai pas le temps d'attendre. Je repasserai dans la matinée.

Sur le chemin du retour, il réfléchit à ce qu'il devait faire. D'abord injecter le sérum à Jeannette, puis la faire monter à bord du module. Arracher le revêtement de sol sous le tableau de bord... dénuder deux fils et connecter l'un d'eux à un troisième. Cela permettrait de dépasser la fameuse limite des cinquante kilomètres. Malheureusement, l'opération déclencherait un signal d'alarme sur le *Gabriel*. Hal espérait pouvoir décoller à la verticale et piquer de l'autre côté des montagnes qui, faisant écran, déjoueraient les détecteurs radar. En pilotage automatique, il aurait le temps de mettre hors d'usage le bloc d'identification et le *Gabriel* perdrait alors sa trace.

Dès lors, il serait tranquille jusqu'à l'aube. Quand le jour se lèverait, il immergerait le module au fond de la rivière ou du lac le plus proche jusqu'à la tombée de la nuit et il s'envolerait à nouveau en direction des tropiques à la faveur de l'obscurité. Si son radar révélait qu'il était pris en chasse, il se cacherait à nouveau sous l'eau. Heureusement, le *Gabriel* n'avait pas de sonar.

Hal abandonna la navette fuselée au bord du trottoir et gravit l'escalier quatre à quatre. Il dut s'y reprendre à trois fois pour introduire la clé dans la serrure. Il referma la porte sans se soucier de la verrouiller et appela à pleins poumons :

— Jeannette!

Il avait brusquement peur que, sous l'influence du délire, elle ne se fût levée et ne fût partie à l'aventure.

Un gémissement lui répondit. Il se rua dans la chambre. Jeannette, toujours couchée, avait les yeux ouverts.

— Te sens-tu mieux?

— Non. Plus mal. Beaucoup plus mal.

— Ne t'inquiète pas, ma chérie. J'ai le remède qui va te remettre d'aplomb. Dans deux heures, tu vas t'asseoir et tu réclameras un steak à cor et à cris. Et tu refuseras de toucher une goutte de lait. Tu boiras ton euphorine au goulot. Et puis...

Il se tut, effrayé par l'expression de Jeannette. Son visage où se lisait une profonde détresse ressemblait à un masque de bois grotesque et grimaçant.

— Oh! non... non, fit-elle d'une voix hachée. Qu'est-ce que tu as dit? De l'euphorine? C'était de l'euphorine que tu me donnais?

— *Shib*, Jeannette. Allons... calme-toi! Tu aimais ça. Alors, quelle différence cela faisait-il? Ecoute-moi! Nous allons...

— Oh! Hal, Hal, qu'as-tu fait?

Le désespoir de Jeannette lui serrait le cœur. Elle pleurait.

Il se précipita dans la cuisine, prit la seringue qu'il avait rapportée et ajusta le tube de sérum. Cela fait, il revint dans la chambre. Jeannette garda le silence quand il lui piqua la veine. Sur le moment, il craignit que l'aiguille ne se brisât. L'épiderme paraissait fragile comme du verre.

— Ce produit guérit les Terriens en un clin d'œil, s'exclama-t-il sur un ton aussi allègre et réconfortant que possible.

— Oh! Hal... Il est trop tard.

Yarrow retira la seringue, nettoya la minuscule plaie à l'alcool et la recouvrit d'un pansement. Puis il se mit à genoux à côté du lit et embrassa Jeannette. Elle avait les lèvres parcheminées.

— Hal, est-ce que tu m'aimes?

— Tu ne me crois donc pas? Combien de fois faut-il que je te le répète?

— Quoi que tu apprennes sur moi, es-tu capable de m'aimer?

— Je sais tout de toi.

— Oh! non, tu ne peux pas savoir. Ah! Grande Mère, si seulement je t'avais tout dit! Peut-être que ton amour aurait été assez fort. Peut-être...

— Jeannette! Qu'y a-t-il?

Elle referma les lèvres. Un spasme la secoua. Quand elle cessa de frissonner, elle murmura quelque chose d'inaudible.

Hal approcha son oreille de la bouche de sa compagne.

— Que disais-tu? Parle, Jeannette...

Il la secoua. La fièvre était probablement tombée car son épaule était froide. Et dure.

— Conduis-moi... auprès de mes tantes et... de mes sœurs, fit-elle d'une voix lente et presque indistincte. Elles sauront ce qu'il faut faire. Pas pour moi... mais pour...

— Que veux-tu dire?

— Hal, est-ce que tu... m'aimeras toujours?

— Oui! Oui, tu le sais bien! Pour le moment, nous avons des choses plus importantes à faire que de parler de cela.

Elle ne parut pas l'entendre. Sa tête se renversa en arrière. Ses paupières et ses lèvres étaient closes. Ses mains étaient posées, la paume en l'air, de part et d'autre de son corps. Sa poitrine était immobile. Si elle respirait encore, son souffle était trop faible pour soulever ses seins.

18

Hal tambourina à la porte de Fobo jusqu'à ce qu'elle s'ouvrît.

— Vous m'avez fait peur, Hal, dit la femme de l'empathiste.

— Où est Fobo?

— A l'Université, il assiste à une réunion du conseil.

— Il faut que je le voie immédiatement.

— Eh bien, si c'est important, allez-y! De toute façon ces réunions l'ennuient à mourir.

Yarrow dévala l'escalier quatre à quatre. Quand il arriva à l'Université, il avait les poumons en feu mais il ne ralentit pas l'allure. Il escalada le perron du bâtiment administratif et s'engouffra dans la salle de réunion.

Hors d'haleine, il voulut parler sans y parvenir. Il respira profondément.

Fobo s'était levé.

— Que se passe-t-il?

— Vous... il faut que vous... veniez. C'est une question... de vie ou de mort!

— Veuillez m'excuser, messieurs, dit l'empathiste à ses collègues.

Les dix wogs inclinèrent la tête et reprirent le cours de leurs débats. L'empathiste revêtit sa cape, coiffa sa calotte surmontée d'antennes artificielles et sortit, Yarrow sur ses talons.

— Eh bien, Hal, de quoi s'agit-il?

— Ecoutez-moi... Il faut que je vous fasse confiance. Je sais que vous ne pouvez pas prendre d'engagement formel mais je ne pense pas que vous me dénoncerez à mes compatriotes. Vous êtes quelqu'un de réel, Fobo.

— Au fait, mon ami, au fait!

— J'y arrive. Vous autres, wogs, êtes aussi avancés que nous dans le domaine de l'endocrinologie. Et vous possédez un avantage : vous connaissez Jeannette comme votre poche puisque vous l'avez examinée.

— Jeannette? Oh! Jeannette Rastignac! La *lalitha?*

— Oui. Je la cache chez moi.

— Je le sais.

— Hein? Vous le savez? Comment cela?

— Aucune importance, répondit le wog en prenant Hal par l'épaule. Vous avez des ennuis, sinon vous ne seriez pas venu me chercher.

Quand Hal eut fini de tout lui expliquer, tous deux étaient déjà arrivés. Fobo s'arrêta devant la porte de l'appartement.

— Autant vous mettre au courant. Vos compatriotes savent que vous dissimulez quelque chose. Il y a quinze jours, un homme s'est installé dans l'immeuble qui se trouve là-bas, au bout de la rue, et il vous espionne. Son nom est Art Hunnah Pukui.

— C'est un Uzzite!

— Oui. Il habite au rez-de-chaussée. La pièce donne sur la rue. Ses rideaux sont tirés mais il est probablement en train de nous surveiller.

— Tant pis! laissa tomber Yarrow d'une voix grinçante.

Il entra chez lui, suivi de Fobo. Le wog tâta le front de Jeannette et essaya de soulever ses paupières pour examiner ses yeux. Mais ce fut en vain.

— Hum! La calcification de l'épiderme est sérieusement avancée.

Il rabattit le drap et, de l'autre main, empoigna le col de la chemise de nuit de la patiente. Il tira d'un coup sec et le fragile tissu se déchira en deux. Jeannette gisait maintenant, nue, silencieuse, pâle et belle comme une statue née du ciseau d'un sculpteur.

Son amant poussa une exclamation étouffée devant ce geste qui ressemblait à une profanation mais il ne dit rien, comprenant que Fobo agissait en médecin. D'ailleurs, le corps de Jeannette ne pouvait pas offrir d'intérêt sexuel aux yeux d'un wog.

Il observa avec étonnement Fobo qui auscultait le ventre plat de sa compagne et collait son oreille contre la peau. Enfin, le wog se redressa et hocha la tête.

— Je ne vous mentirai pas, Hal. Nous ferons le maximum mais je crains que ce ne soit pas suffisant. Son cas relève de la chirurgie. Si nous pouvons extraire les œufs avant l'éclosion, l'ablation plus l'injection de sérum que vous lui avez faite peuvent inverser le processus et la tirer d'affaire.

— Quels œufs?

— Je vous expliquerai plus tard. Trouvez quelque chose pour l'envelopper. Pendant ce temps, je vais téléphoner au Dr Kuto.

Yarrow enroula Jeannette dans une couverture. Elle était aussi inerte qu'une poupée de cire. Il dissimula sa figure sous l'étoffe : il ne pouvait pas supporter ce visage de pierre.

Sa montrophone émit un appel strident. Machinalement, il fit le geste d'abaisser le petit levier mais s'arrêta juste à temps. Le grésillement insistant reprit, plus fort. Après un combat intérieur déchirant qui dura quelques secondes, Hal parvint à la conclusion que, en ne répondant pas, il ne ferait qu'aiguiser les soupçons.

— Yarrow?

— *Shib.*

— L'Archuriélite vous attend. Vous avez quinze minutes pour vous rendre à sa convocation.

— *Shib.*

— Qu'allez-vous faire? lui demanda Fobo, qui venait de rentrer.

La bouche de Hal se crispa :

— Prenez-la par les épaules. Moi, je la prendrai par les pieds. Dans l'état de rigidité où elle est, nous n'avons pas besoin d'un brancard.

Dans l'escalier, tandis qu'ils transportaient Jeannette, Hal reprit la parole :

— Fobo, pourrez-vous nous cacher quand elle aura été opérée? A présent, il n'est plus question d'utiliser la vedette.

— Ne vous inquiétez pas, répliqua mystérieusement le wog. Les Terriens ne vont pas tarder à être trop occupés pour se lancer à votre poursuite.

Il fallut soixante secondes pour installer la patiente dans le module, parvenir à l'hôpital et sortir Jeannette de l'engin.

— Posons-la par terre un instant. Il faut que je mette le module en pilotage automatique et que je le renvoie au *Gabriel*. De cette façon, ils ne sauront pas où je suis. Ce sera toujours ça.

— Non. Laissez l'appareil ici. Vous en aurez peut-être besoin après.

— Après quoi?

— Plus tard. Ah... Voilà Kuto.

Dans la salle d'attente, Hal fit les cent pas en fumant des Séraphins Miséricordieux à la chaîne. Fobo, assis sur une chaise, se grattait le crâne et tiraillait l'épais duvet blond qui se hérissait sur sa nuque.

— Tout cela aurait pu être évité, soupira-t-il. Si j'avais su que la *lilitha* vivait avec vous, j'aurais sans doute deviné pourquoi vous vouliez de l'euphorine. Mais il n'y a que deux jours que je suis au courant. Et j'étais trop pris par le Projet Terrien pour penser beaucoup à elle.

— Le Projet Terrien? répéta Hal. Qu'est-ce que c'est?

Le V double de la bouche de Fobo s'écarta en un sourire qui révéla ses crêtes maxillaires en dents de scie.

— Je ne peux pas vous le dire pour l'instant car il y a le risque théorique que vous en parliez à vos collègues du *Gabriel* avant qu'il soit déclenché. Toutefois, je crois qu'il n'y a aucun danger à vous apprendre que nous connaissons votre plan visant à empoisonner l'atmosphère de notre planète en la saturant de molécules antiglobines.

— Il y a quelque temps, j'aurais été horrifié en vous entendant, Fobo. Mais maintenant cela m'est bien égal.

— Vous ne voulez pas savoir comment nous avons découvert cette machination?

— Si, répondit Hal sans enthousiasme.

— En premier lieu, vous avez commis une erreur, messieurs les Terriens, en nous laissant lire vos manuels historiques. Et vous avez éveillé nos soupçons lorsque vous nous avez demandé des échantillons hématologiques. (Il pianota sur son nez démesuré et reprit :) Nous ne pouvons pas lire dans vos pensées, bien sûr. Mais il existe deux antennes dissimulées à l'intérieur de cet appendice. Des antennes d'une très grande sensibilité. L'évolution n'a pas émoussé notre odorat, contrairement à ce qui fut le cas pour vous. Ces antennes nous permettent de déceler olfactivement d'infimes modifications du métabolisme d'autrui. Quand l'un de vos émissaires nous a demandé du sang en vue de recherches scientifiques, nous avons senti — et *senti* est le mot juste — des émanations... comment dirais-je? des émanations furtives. Nous avons accepté de vous remettre ces spécimens de sang mais, par méfiance, ce n'est pas notre sang que nous vous avons donné mais celui d'un animal dont les hématies recèlent du cuivre. En ce qui nous concerne, c'est le magnésium qui nous sert comme transporteur d'oxygène.

— Alors notre virus est inefficace!

— Naturellement. Bien entendu, à la longue, à

mesure que vous apprendrez à lire notre écriture et que vous étudierez les ouvrages spécialisés, vous comprendrez. Mais j'espère, et je crois, qu'il sera alors trop tard. Nous, nous avons appris votre langue et votre écriture plus vite que vous n'avez appris les nôtres. Quand nous avons pu consulter vos textes historiques, il ne nous a pas été difficile d'additionner un et un et de deviner pourquoi vous aviez besoin d'échantillons de sang.

— Comment avez-vous découvert mes rapports avec Jeannette? A propos, est-ce que je peux la voir?

— Je regrette mais il me faut répondre par la négative à la seconde question. Quant à la première... ce n'est que depuis deux jours que nous avons finalement mis au point un appareil d'écoute suffisamment miniaturisé pour être installé dans votre appartement. Vous n'ignorez pas que nous sommes en avance sur vous dans un certain nombre de branches techniques.

— Longtemps, j'ai fouillé quotidiennement mon *puka*. J'y ai renoncé lorsque j'ai su quel était votre niveau de connaissance en électronique.

— Entre-temps, nos savants ont mis les bouchées doubles. L'arrivée des Terriens a été un stimulant pour nos chercheurs.

Une infirmière entra :

— On vous demande au téléphone, docteur.

Fobo s'en fut. Yarrow alluma une nouvelle cigarette et continua d'arpenter la salle d'attente. L'absence du wog ne dura qu'une minute.

— Nous allons avoir de la visite, Hal. Un de mes confrères, qui surveille l'astronef, me signale que Macneff accompagné de deux Uzzites vient de monter à bord d'un module. Ces messieurs seront ici d'une seconde à l'autre.

Yarrow s'immobilisa, bouche bée.

— Ici? Comment ont-il pu deviner?

— J'imagine qu'ils disposent de moyens dont ils n'ont pas jugé bon de vous parler. Mais n'ayez pas peur.

Hal était comme cloué sur place. Il avait oublié sa cigarette. Quand elle commença de lui brûler les doigts, il la laissa tomber et l'écrasa sous sa semelle.

Un martèlement de bottes sonna dans le couloir.

Trois hommes entrèrent. Une sorte de spectre décharné : l'Archuriélite Macneff, et deux personnages trapus, larges d'épaules, en uniforme noir. Leurs épaisses mains nues étaient prêtes à plonger dans leurs poches.

Macneff marcha sur Yarrow. Ses yeux bleus délavés flamboyaient. Un sourire de tête de mort étirait sa bouche aux lèvres inexistantes.

— Innommable dégénéré! hurla-t-il.

Son bras se détendit avec la vitesse de l'éclair et le fouet qu'il avait sorti de sa ceinture siffla. Des stries rouges apparurent sur la joue blême de Yarrow. Le sang commença de perler.

— Vous allez être mis aux fers et, de retour sur la Terre, vous serez présenté aux foules comme le pire exemple de traître perverti et... et... (Il bégayait, incapable de trouver ses mots.) Vous... vous qui avez subi le test de l'Elohimètre, vous qui êtes censé être d'une pureté absolue... vous avez désiré un insecte, copulé avec un insecte!

— Quoi?

— Ce à quoi Moïse n'avait même pas pensé en interdisant l'union entre l'homme et les bêtes, ce que le Précurseur lui-même ne pouvait deviner quand il réaffirma la loi et décréta que ce péché était passible du châtiment ultime, vous l'avez fait — vous, Hal Yarrow, le pur Yarrow, le porteur du *lamech*!

Fobo se leva.

— Puis-je me permettre de vous faire remarquer, dit-il d'une voix sourde, que votre classification zoologique manque quelque peu de rigueur? Il ne s'agit pas de la classe des insectes mais de celle des *Chordatæ pseudarthropodæ*, selon la terminologie que vous emploieriez.

— Quoi? répéta Hal qui ne parvenait plus à penser.

— Taisez-vous, grommela le wog. Laissez-moi parler. (Il se tourna vers Macneff.) Vous la connaissez?

— *Shib!* Yarrow se figurait que nous n'y verrions que du feu. Mais si intelligents que soient les irréalistes ils commettent toujours une erreur. En l'occurrence, la sienne fut d'interroger Turnboy à propos des Français qui se sont enfuis de la Terre. Turnboy, dont le zèle envers le Clergétat est irréprochable, a signalé cette conversation. Son rapport est resté quelque temps perdu au milieu de mes papiers. Quand je suis tombé dessus, je l'ai transmis aux psychologues dont le verdict fut que Yarrow avait une conduite incompatible avec le comportement qu'on pouvait attendre de lui. Cette déviation était inexplicable si on ne la reliait pas à une donnée qui nous échappait.

» En outre, Yarrow refusait de se laisser pousser la barbe, ce qui confirmait nos soupçons. Nous l'avons fait surveiller. Notre agent a remarqué qu'il achetait deux fois plus d'épicerie que nécessaire. Et lorsque, à notre contact, les wogs ont commencé à s'adonner au tabac, il s'est mis à leur acheter des cigarettes. La conclusion sautait aux yeux : Yarrow dissimulait une femme chez lui.

» Nous ne pensions pas qu'il s'agissait d'une femme wog car, en ce cas, elle n'aurait pas eu besoin de rester cachée. Donc ce devait être une humaine mais nous ne voyions pas comment une humaine aurait pu venir sur Ozagen. L'hypothèse d'un embarquement clandestin à bord du *Gabriel* était exclue. Deux hypothèses demeuraient donc : ou bien elle avait fait le voyage à bord d'un autre astronef ou bien elle descendait d'un groupe qui nous avait précédés sur cette planète.

» Ce sont les questions posées par Yarrow à Turnboy qui nous mirent sur la piste. De toute évidence, les Français avaient débarqué ici et cette femme était issue d'eux. Nous ignorions comment Yarrow l'avait découverte. C'était un détail sans importance. De toute façon, nous finirions par le savoir.

— Comment avez-vous su que ce n'était pas une humaine? demanda calmement Fobo.

Yarrow murmura :

— Je voudrais m'asseoir.

19

Chancelant, il se dirigea vers une chaise. L'un des Uzzites fit mine de s'élancer mais Macneff, d'un signe, le retint.

— Turnboy avait lu l'histoire de l'homme sur Ozagen, poursuivit le Sandalphon. Cette histoire contient un si grand nombre d'allusions aux *lalithas* qu'il devait fatalement soupçonner cette fille d'en être une. La semaine dernière, un médecin wog avec lequel il s'entretenait lui dit qu'il avait eu l'occasion d'examiner une *lalitha*. Cette dernière, plus tard, avait pris la fuite. Il nous fut facile de deviner où elle avait trouvé asile.

Fobo se tourna vers Hal :

— Vous n'avez pas lu le livre de We'enaï?

Yarrow secoua la tête :

— Nous l'avons commencé mais Jeannette l'a égaré.

— Et elle s'est sans aucun doute arrangée pour que vous pensiez à autre chose! Elles ont beaucoup d'art pour distraire un homme. Pourquoi pas? C'est le but de leur existence. Je vais vous expliquer, Hal. La *lalitha* est l'exemple de parasitisme mimétique le plus parfait que nous connaissions. Ce sont en outre des créatures uniques parmi les êtres pensants. Uniques en ce sens qu'elles sont toutes femelles.

» Si vous aviez lu jusqu'au bout l'étude de We'enaï, vous sauriez que l'anthropologie démontre qu'à l'époque où l'homme ozagénien était encore une sorte de ouistiti insectivore, le groupe familial comprenait, outre les femelles de l'espèce, celles d'un autre embranchement. Leur apparence — et, probablement, leur puanteur aussi — devaient être assez proches de l'aspect physique des préhominiennes pour qu'elles puissent vivre et s'unir avec les mâles. Extérieurement, ces ancêtres des *lalithas* semblaient être mammifères mais la dissection aurait révélé une nette filiation avec les pseudo-arthropodes. On peut d'ailleurs supposer qu'elles parasitaient déjà l'homme bien avant ce stade. Il se peut que leurs rapports aient commencé dès que la créature protohominienne émergea des océans. Bisexuée à l'origine, la *lalitha* devint exclusivement femelle. Grâce à un processus évolutif qui nous échappe, elle adapta successivement son anatomie à celle du dipnoïque, puis de l'amphibien, puis du reptile, puis du mammifère primitif, etc.

» La *lalitha* fut la plus étonnante expérience de parasitisme et d'évolution parallèle qu'imagina la Nature. A mesure que l'homme accédait à des formes d'êtres supérieures, la *lalitha* l'accompagnait dans son évolution. Toutes étaient femelles, rappelez-vous, et elles dépendaient du mâle d'une autre race pour assurer la perpétuation de l'espèce.

» Elles s'intégrèrent de façon stupéfiante aux sociétés préhumaines. Ce ne fut qu'avec l'*Homo sapiens* que les ennuis commencèrent pour elles. Certaines familles et tribus les acceptaient, d'autres les massacraient. Aussi eurent-elles recours à l'artifice et prirent-elles totalement le masque de la femme humaine. Il ne leur était pas très compliqué de donner le change, sauf lorsqu'elles étaient enceintes. Alors, elles mouraient.

Hal poussa un gémissement et enfouit sa figure dans ses mains.

— C'est douloureux mais c'est réel, comme dirait notre ami Macneff, reprit Fobo. Bien sûr, dans ces conditions, une sorte de société secrète était indispensable. Dans les groupes sociaux où la *lalitha* vivait camouflée, il fallait qu'elle s'en aille lorsqu'elle était enceinte. Elle mourait dans une retraite clandestine parmi ses sœurs qui prenaient soin des nymphes... (à ce mot, Hal frissonna), jusqu'à ce que ces dernières puissent à leur tour s'insérer dans la société humaine. Parfois, elles étaient présentées comme des enfants trouvées ou substituées. Les *lalithas* sont au centre d'une multitude de légendes tribales. Elles sont très fréquemment le personnage essentiel ou annexe des fables et des mythes. On les considérait comme des sorcières, des démons ou pire encore.

» L'introduction de l'alcool aux temps primitifs modifia radicalement leur situation, car il les rendait stériles et par la même occasion immortelles, abstraction faite des accidents, des maladies ou de l'assassinat.

Hal baissa les mains et leva les yeux vers Fobo.

— Vous... vous voulez dire que Jeannette aurait vécu... à jamais? Que je lui ai volé l'éternité?

— Elle aurait pu vivre des milliers d'années. Nous savons que des *lalithas* ont eu une longévité de cet ordre. De plus, elles ne subissent aucune dégradation physique et demeurent à l'âge physiologique de vingt-cinq ans. Laissez-moi vous expliquer tout cela de façon ordonnée. Certaines des choses que je vais vous révéler vous seront pénibles mais il faut qu'elles soient dites.

» La longévité des *lalithas* les fit adorer comme des déesses. Parfois elles survivaient à la chute de puissantes nations qui n'étaient encore que de petites tribus à l'époque où elles les avaient ralliées. Tout naturellement elles devinrent le réceptacle de la sagesse, de la richesse et de la puissance. Des religions se créèrent dont elles étaient les déesses immortelles; rois et prêtres éphémères étaient leurs amants.

» Il y eut des cultures qui les mirent hors la loi. Mais les *lalithas* poussaient les peuples qu'elles dirigeaient à conquérir ceux qui les rejetaient ou bien elles pratiquaient une tactique d'infiltration et finissaient par être les éminences grises tenant effectivement les rênes du pouvoir. Toujours d'une grande beauté, elles étaient les épouses ou les maîtresses des hommes influents. Rivalisant avec les femmes humaines, elles les battaient haut la main à leur propre jeu. Avec la *lalitha*, la Nature avait créé un être qui était la féminité absolue.

» Ainsi dominèrent-elles leurs amants. Cependant elles-mêmes étaient divisées. La société secrète qu'elles constituaient à l'origine éclata très vite et les *lalithas* commencèrent à s'identifier aux nations sur lesquelles elles régnaient, à dresser les pays les uns contre les autres. De plus, du fait de leur longévité, les plus jeunes s'impatientaient du joug sous lequel les tenaient leurs aînées. Résultat : meurtres, luttes pour le pouvoir, etc.

» D'un autre côté, leur influence trop stabilisatrice était paralysante sur le plan de la technologie. Elles s'efforçaient de maintenir le statu quo dans tous les domaines de la culture, et les civilisations humaines eurent tendance à éliminer la nouveauté en même temps que les hommes qui épousaient les idées progressistes.

» Quand nous eûmes franchi, nous autres wogs, le vaste océan qui séparait nos deux continents, nous trouvâmes la moitié des cités en ruine. Pourtant, si affaibli qu'il fût, l'homme se battit avec acharnement, éperonné par les *lalithas* qui voyaient en notre venue leur arrêt de mort, car elles ne pouvaient pas nous influencer de la même façon. Elles moururent avec leurs défenseurs. Mais, bien sûr, nous n'éprouvions aucune hostilité envers les rares qui survécurent, incapables qu'elles étaient de nous nuire.

Une infirmière wog sortit de la salle d'opération et dit quelque chose à voix basse à l'empathiste.

Macneff s'approcha dans l'espoir évident de surprendre la conversation mais, comme il ne comprenait pas le siddonite, il se mit à faire les cent pas. Hal se demandait pourquoi on ne l'avait pas immédiatement arrêté, pourquoi le prêtre attendait que Fobo fût arrivé au terme de ses explications. Brusquement, il eut un éclair d'intuition : Macneff voulait que son prisonnier sût toute la vérité sur Jeannette et se rendît compte de l'énormité de son péché.

L'infirmière regagna le bloc opératoire.

— La bête est-elle déjà morte? demanda à haute voix l'Archuriélite.

Hal frissonna comme si le mot avait été une massue mais Fobo fit mine de ne pas avoir entendu la question. Ce fut à Yarrow qu'il s'adressa :

— Vos larves... je veux dire vos filles ont été extraites. Elles sont en incubateur. Elles sont... (Il hésita :) Elles mangent bien. Elles vivront.

Hal comprit à son ton qu'il était inutile de demander des nouvelles de la mère.

Des larmes frémissaient dans les yeux bleus et globuleux de Fobo :

— Vous ne pouvez comprendre ce qui s'est passé, Hal, si vous n'avez pas une idée claire de la méthode de reproduction sans précédent des *lalithas.* Pour se multiplier, la *lalitha* a besoin de trois choses : d'abord et avant tout, il faut qu'elle soit contaminée à l'âge de la puberté par une autre *lalitha* adulte. C'est là un préalable catégorique. La contamination est nécessaire à la transmission des gènes.

— Des gènes? répéta Hal.

Si bouleversé qu'il fût, les paroles de Fobo éveillaient à la fois son étonnement et son intérêt.

— Oui. Puisque les *lalithas* ne peuvent recevoir de gènes des mâles humains, elles sont obligées d'échanger entre elles le matériel héréditaire. Toutefois, l'homme est indispensable comme trait d'union. Vous allez comprendre. Une *lalitha* adulte possède ce qu'on peut appeler trois banques de gènes. Les deux premières séries ne sont en réalité que la copie conforme des chromosomes échangés entre deux *lalithas.* La troisième... je vous en parlerai tout à l'heure.

» L'utérus d'une *lalitha* n'est pas seul à contenir des ovules; en effet, les gènes de ceux-ci sont reproduits à l'intérieur de corpuscules microscopiques qui se forment dans les glandes salivaires géantes du sujet. La production de ces corpuscules, qui sont des ovules salivaires, est un processus permanent chez l'adulte.

» Ce sont là les invisibles agents responsables de la transmission génétique. Il y a entre les *lalithas* adultes un phénomène de contamination, exactement comme si ces vecteurs de l'hérédité étaient des bacilles infectieux. Il leur est impossible d'échapper à la contagion qui s'opère par le truchement d'un baiser, d'un éternuement ou d'un simple contact. Toutefois les *lalithas* préadolescentes semblent posséder une immunité naturelle.

» Une fois infectée, la *lalitha* adulte sécrète des anticorps qui l'empêchent d'être à nouveau contaminée par les ovules salivaires d'une seconde *lalitha.* Quant aux corpuscules flagellés qui ont pénétré dans son organisme, ils sont entraînés par le flux sanguin, envahissent le tractus intestinal, se diffusent à travers les enveloppes cutanées et, finalement, aboutissent à l'utérus de l'hôte. Alors les ovules salivaires fusionnent avec les ovules utérins pour produire un zygote. A cette étape, la fertilisation est suspendue. En fait, tous les éléments génétiques nécessaires à la naissance d'une nouvelle *lalitha* sont réunis, à l'exception des gènes spécialisés qui donneront au bébé ses caractéristiques faciales. Cette ultime information, ce sera l'humain que la *lalitha* prendra comme amant qui la fournira.

» Mais deux conditions préalables et simultanées sont requises. D'une part la stimulation déclenchée par l'orgasme; d'autre part l'excitation des nerfs photokinétiques. Aucun de ces deux phénomènes ne peut intervenir isolément. D'autre part, ils n'ont lieu que si la fusion des ovules est réalisée. Apparemment, c'est celle-ci qui détermine une modification métabolique permettant à la *lalitha* d'éprouver l'orgasme en développant pleinement ses nerfs photokinétiques.

Fobo s'interrompit et pencha la tête de côté comme s'il tendait l'oreille. Hal, qui connaissait bien les wogs et savait interpréter leurs mimiques, devina qu'il attendait un événement important. Il ignorait lequel mais il était sûr que cet événement avait un rapport avec les Terriens.

Soudain, il s'aperçut avec un sursaut qu'il se considérait comme du côté des wogs! Il n'était plus un Terrien. En tout cas, plus un membre de l'Union.

— Je suppose que vous êtes complètement perdu? lui dit l'empathiste.

— En effet. Par exemple, je n'avais jamais entendu parler de ces nerfs photokinétiques.

— C'est là un accessoire qui appartient exclusivement aux *lalithas*. Prenant racine dans la rétine, ils gagnent le cerveau en empruntant un trajet parallèle à celui des nerfs optiques. Mais les nerfs photokinétiques suivent ensuite la moelle épinière pour aboutir à l'utérus. L'utérus des *lalithas* ne ressemble en rien à celui de la femme humaine. On pourrait dire qu'il est la chambre noire de la matrice. C'est là que la photographie du père est biologiquement développée et apposée en quelque sorte sur la face de ses filles.

» La responsabilité de ce processus incombe aux photogènes — la troisième banque génétique dont je vous parlais tout à l'heure. Quand la *lalitha* a des rapports sexuels avec un homme, une série de changements d'ordre électrochimique se produisent au niveau des nerfs photokinétiques au moment de l'orgasme. La lumière, précisément, est indispensable pour qu'il y ait orgasme, et, à l'instant où celui-ci se manifeste, le visage du partenaire est photographié. Un arc réflexe interdit à la *lalitha* de fermer les yeux. En outre, si elle les cache derrière son bras, l'orgasme s'interrompt immédiatement.

» Vous avez dû remarquer en cette occasion — car je suis sûr qu'elle exigeait que vous gardiez les yeux ouverts — que les pupilles de Jeannette se contractaient jusqu'à avoir la grosseur d'une tête d'épingle. C'était là un réflexe lui permettant d'accommoder sa vision pour ne cadrer que votre visage. Pourquoi? Pour que les nerfs photokinétiques ne reçoivent d'autre information que celle ayant trait à votre physionomie. Ainsi celle relative, par exemple, à la couleur de vos cheveux, pouvait être communiquée aux photogènes. Nous ne savons pas exactement de quelle manière les nerfs photokinétiques assurent la transmission mais il le font.

» Vous avez les cheveux châtains. Ce détail est, d'une manière ou d'une autre, fourni aux photogènes qui rejettent alors tous les autres gènes déterminant la coloration pileuse. Le gène « cheveux châtains » est en quelque sorte photocopié et le double est classé dans la réserve de matériel génétique du zygote. Ainsi en va-t-il de tous les autres gènes qui détermineront les traits du visage de l'enfant. La forme du nez — modifiée pour être féminine — est fixée par un processus sélectif assurant la combinaison adéquate des gènes en réserve. La combinaison choisie est, elle aussi, « photocopiée » et le duplicata incorporé au zygote...

— Vous entendez? s'écria Macneff d'une voix vibrante. Vous avez engendré des larves ! Des monstres, fruit d'une union irréelle et contre nature! Une progéniture d'insectes! Et ils seront à votre image! Votre visage témoignera de cette révoltante sensualité...

Fobo l'interrompit :

— Certes, je ne suis pas un connaisseur en matière de physiognomonie humaine mais ce jeune homme me fait l'effet d'être robuste et beau. Beau selon les critères humains, j'entends. (Il se tourna vers Hal :) Vous voyez maintenant pourquoi Jeannette voulait que la lumière reste allumée. Et pourquoi elle vous a raconté qu'elle était alcoolique. Si elle prenait suffisamment d'alcool avant la copulation, les nerfs photokinétiques, extrêmement sensibles à ce liquide, étaient paralysés. Ainsi l'orgasme avait-il lieu mais elle ne risquait pas d'être enceinte. Mais lorsque vous avez coupé le jus de coléo avec de l'euphorine... sans savoir ce que cela provoquerait, bien sûr...

Macneff éclata d'un rire strident :

— Quelle ironie! On a bien raison de dire que la mort est la rançon de l'irréalisme!

20

— Allez, Hal, pleurez, s'écria Fobo d'une voix forte. Vous vous sentirez mieux après. Vous ne pouvez pas? C'est dommage! Bon... Je continue.

» Quelle que soit son apparence humaine, la *lalitha* est esclave de son héritage arthropodique. Les nymphes issues des larves peuvent facilement passer pour des bébés mais ces larves, si vous les voyiez... vous auriez le cœur brisé. Cela dit, elles ne sont pas plus laides qu'un embryon humain de cinq mois. A mes yeux, en tout cas.

» Ce qui est triste, c'est que la mère doit mourir. Il y a quelques centaines de millions d'années, quand un pseudo-arthropode primitif était prêt à l'éclosion — éclosion qui avait lieu dans la matrice — une hormone spéciale était sécrétée, qui calcifiait la peau et faisait de la mère une tombe matricielle. La *lalitha* devenait une coquille. Les larves dévoraient ses organes et ses os amollis par décalcification. Quand les jeunes avaient rempli leur fonction de larve, à savoir manger et grandir, elles entraient dans une période de repos et se métamorphosaient en nymphes. Alors il ne leur restait plus qu'à briser la coquille là où elle était le plus fragile, c'est-à-dire au niveau de l'abdomen.

» Le point de moindre résistance est l'ombilic. Lui seul ne se calcifie pas. Quand les nymphes sont prêtes à sortir, cette zone de chair demeurée tendre est déjà entrée en putréfaction. En se dissolvant, elle libère un produit qui décalcifie la quasi-totalité de la surface abdominale. Les nymphes, bien qu'aussi faibles et beaucoup plus petites que des nourrissons humains, possèdent un instinct qui les incite à fracasser à coups de pied cette mince et fragile carapace.

» Comprenez-moi bien, Hal : le nombril de la *lalitha* est tout à la fois fonctionnel et mimétique. Comme les larves ne sont pas reliées à la mère par un cordon ombilical, il ne devrait pas exister. Ce nombril n'est qu'une excroissance charnue.

» Les seins de l'adulte remplissent également une double fonction, à la fois sexuelle et reproductrice, ainsi qu'il en va chez la femelle humaine. Bien sûr, ils ne fabriquent pas de lait mais ce sont des glandes. Un peu avant l'éclosion des œufs, ils agissent comme de puissantes pompes hormonales dont le rôle est de provoquer la calcification de l'épiderme.

» Rien n'est perdu, voyez-vous... La nature est économe. Ce qui permet à la *lalitha* de survivre dans une société humaine est également l'instrument de sa mort.

— Je comprends l'utilité des photogènes au stade humanoïde de l'évolution, dit Hal, mais à la phase animale, pourquoi fallait-il que la *lalitha* reproduise les traits du père? Il n'y a guère de différence entre la structure faciale du mâle et celle de la femelle lorsqu'il s'agit d'animaux de la même espèce.

— Je ne sais pas, répondit Fobo. Peut-être la *lalitha* préhumaine n'utilisait-elle pas les nerfs photokinétiques. Peut-être ces nerfs sont-ils l'adaptation évolutive d'une structure préexistante dont le rôle n'était pas le même. Certains indices permettent de penser que c'était la photokinèse qui permettait à la *lalitha* de modifier son aspect physique conformément à la métamorphose progressive des humains au cours de leur évolution. Il est normal de supposer qu'un tel moyen biologique lui était nécessaire; si le système photokinétique n'était pas intervenu en ce sens, un autre organe aurait assumé le même emploi. Malheureusement, lorsque nous avons été suffisamment armés sur le plan scientifique pour étudier de près la *lalitha,* nous n'avions pas de spécimen sous la main. C'est par le plus grand des hasards que nous sommes tombés sur Jeannette. En l'examinant, nous avons découvert plusieurs organes dont les fonctions demeurent un mystère. Il nous faudrait étudier beaucoup de ses pareilles pour que nos recherches soient fructueuses.

— Encore une question, fit Hal. Si une *lalitha* a plusieurs amants, à qui ressemblera le bébé?

— Si une *lalitha* est violée par une troupe d'hommes, elle n'aura pas d'enfants car la peur et la répulsion qu'elle éprouvera interdiront à l'orgasme de se produire. Si elle a plus d'un amant et ne prend pas d'alcool, les enfants auront les traits du premier. Quand elle couchera avec le second, même si c'est immédiatement après, le processus de fertilisation aura déjà été déclenché.

Fobo hocha tristement la tête :

— C'est malheureux mais rien n'a changé avec le temps. La mère doit toujours mourir pour ses petits. Pourtant, la Nature lui a accordé une sorte de compensation. Un peu comme les reptiles qui, dit-on, continuent de grandir tant qu'ils sont vivants, la *lalitha* est à l'abri de la mort tant qu'elle n'est pas enceinte. Ainsi...

Hal sauta sur ses pieds.

— Taisez-vous! hurla-t-il.

— Pardonnez-moi, dit doucement Fobo. J'essaie simplement de vous faire comprendre pourquoi Jeannette estimait impossible de vous expliquer sa véritable nature. Elle vous aimait, Hal. Elle possédait les trois facteurs nécessaires à créer l'amour : une passion véritable, une affection profonde et la conviction qu'elle et vous n'étiez qu'une seule chair, la certitude que, mâle et femelle, vous étiez indissolublement liés. Je le sais, vous pouvez me croire : je suis un empathiste et les empathistes sont capables de s'identifier à autrui, de penser et de sentir comme autrui.

» Pourtant, une amertume empoisonnait son amour. Elle croyait que si vous connaissiez son appartenance à un autre embranchement du règne animal, séparé de vous par des milliards d'années d'évolution — que si vous saviez que son origine et son anatomie lui interdisaient de parvenir à la finalité du mariage, c'est-à-dire à engendrer des enfants — vous vous détourneriez d'elle avec horreur. Cette pensée a dû assombrir ses moments de plus grande joie...

— Non! Je l'aurais quand même aimée! Ç'aurait été un choc mais je l'aurais surmonté. Enfin, elle était humaine! Plus humaine que toutes les femmes que j'ai connues!

Macneff émit un borborygme comme s'il avait envie de vomir. Quand il se fut dominé, il hurla :

— Immondice abyssal! Comment pouvez-vous supporter votre être maintenant que vous savez avec quelle monstrueuse ignominie vous vous êtes uni? Pourquoi n'arrachez-vous pas ces yeux qui ont vu cette infecte vermine? Pourquoi ne lacérez-vous pas ces lèvres qui ont embrassé une bouche d'insecte? Pourquoi ne tranchez-vous pas ces mains qui ont caressé avec une innommable lubricité ce faux-semblant de corps? Pourquoi n'arrachez-vous pas les organes de la débauche...

Fobo endigua ce torrent d'insultes :

— Macneff! Macneff!

Le visage décharné de l'Archuriélite se tourna vers lui. Macneff avait les yeux exorbités et ses lèvres étaient retroussées en un impossible rictus de fureur.

— Quoi? Quoi? bredouilla-t-il comme un homme qui se réveille.

— Je vous connais, Macneff, vous et vos semblables. Etes-vous bien sûr de n'avoir pas songé à ravir la *lalitha* vivante afin de l'utiliser pour votre propre concupiscence? Cette colère et ce dégoût que vous manifestez ne viennent-ils pas d'un désir contrarié? Après tout, il y a un an que vous n'avez pas connu de femmes et...

Les joues du Sandalphon s'empourprèrent mais cela ne dura qu'un instant : son teint prit presque aussitôt une pâleur cadavérique.

— Cela suffit! piailla-t-il comme une chouette écorchée. Uzzites, assurez-vous de... de cet être qui se prétend un homme et conduisez-le à la vedette!

Les deux personnages en noir opérèrent un mouvement tournant et se rabattirent sur Yarrow, l'un par-derrière et l'autre par-devant. Non par prudence mais par routine professionnelle. Une expérience de plusieurs années leur avait appris que les prisonniers n'opposaient jamais de résistance. Devant les représentants du Clergétat, ils étaient toujours frappés de paralysie.

La tête basse, le dos rond, les bras ballants, l'attitude de Hal était typiquement celle d'un captif.

Puis, en l'espace d'une seconde, le captif se changea en tigre.

Yarrow bondit. L'Uzzite qui lui faisait face recula, la bouche en sang. Il heurta le mur et cracha une dent. Une tache rouge s'élargissait sur un blouson noir.

Déjà, Yarrow avait fait volte-face. Son poing s'enfonça dans le ventre du second Uzzite qui se plia en deux avec un râle. Yarrow en profita pour lancer un coup de genou en direction du menton du policier. Il y eut un craquement d'os et l'homme s'écroula.

— Attention! cria Macneff. Il a un pistolet!

L'Uzzite affalé contre le mur glissa sa main sous sa veste mais, avant qu'il eût pu sortir son arme, un lourd serre-livres de bronze lancé d'une main sûre par Fobo l'atteignit à la tempe et il s'effondra à son tour.

— Vous résistez, Yarrow! s'exclama Macneff d'une voix suraiguë. Vous résistez!

— Oui, je résiste! hurla Hal qui fonça tête baissée sur le Sandalphon.

Le fouet de Macneff siffla et les sept lanières cinglèrent le visage de Yarrow. Mais cela n'arrêta pas Hal : il continua sur sa lancée et l'Archuriélite tomba à genoux. Hal noua ses doigts autour de sa gorge. Les joues du Sandalphon bleuirent. Il agrippa les poignets de son adversaire pour lui faire lâcher prise mais Hal serra plus fort.

— Vous... ne pouvez pas faire... une chose pareille! hoqueta Macneff.

— Oh! si, je le peux! s'exclama Hal. Ça a toujours été mon rêve, Pornsen... je veux dire Macneff.

Au même instant, le sol trembla et les fenêtres vibrèrent. Presque aussitôt, il y eut une assourdissante explosion et des éclats de verre voltigèrent en tous sens tandis que Hal était précipité à terre.

Au-dehors, la nuit était devenue claire comme le jour. Puis les ténèbres retombèrent.

Hal se mit debout. Macneff gisait toujours sur le plancher, se massant le cou.

— Qu'est-ce que c'était, Fobo? demanda Yarrow.

Le wog alla jusqu'à la fenêtre veuve de ses vitres. Du sang coulait de sa joue entaillée mais il ne le remarquait même pas.

— C'est ce que j'attendais, répondit-il. (Et il se tourna vers Hal :) Au début, nous n'avions aucune raison de nous méfier des Terriens. Mais nous sommes réalistes — pardonnez-moi d'employer cette expression qui, j'en suis sûr, vous donne la nausée — et nous avons pris des mesures pour le cas où vos intentions n'eussent pas été aussi amicales qu'elles paraissaient l'être. Dès que le *Gabriel* se fut posé, nous avons commencé de creuser une sape. Depuis quelques jours à peine, la gigantesque cavité sur laquelle il repose est bourrée de poudre. Croyez-moi, nous avons tous respiré plus librement quand tout a été terminé, car nous avions peur que les travaux de mine ne soient détectés ou que la sape ne s'affaisse sous le poids de l'astronef.

— Vous l'avez fait sauter? fit Hal avec stupéfaction. (Les choses allaient trop vite pour lui.)

— Je ne le pense pas. Nous n'avons pas lésiné sur la dépense, mais je doute que les tonnes d'explosif que nous avons emmagasinées puissent causer des dégâts vraiment importants à un astronef aussi solide que le *Gabriel.* En vérité, notre intention n'était pas de le détériorer, car nous souhaitons l'étudier. Mais, d'après nos calculs, les ondes de choc transmises par les plaques de blindage devaient tuer toutes les personnes présentes à bord.

Hal s'approcha à son tour de la fenêtre. Un pilier de fumée s'élevait dans le ciel. Bientôt la nappe recouvrirait la ville tout entière.

— Vous devriez monter tout de suite à bord, Fobo. Si l'explosion a seulement étourdi les officiers de garde sur la passerelle et s'ils reviennent à eux avant que vous soyez là, ils appuieront sur un bouton qui mettra feu à une bombe H et à dix bombes au cobalt. Vous ne savez peut-être pas ce que c'est? Je vais vous le dire. Ce sont des armes radioactives capables d'anéantir les habitants de cette planète jusqu'au dernier.

Fobo pâlit. Puis il essaya de sourire.

— J'imagine que nos forces ont d'ores et déjà envahi l'astronef. Mais je vais téléphoner pour m'en assurer.

Son absence ne dura que quelques minutes. Quand il revint, il n'avait plus besoin de se forcer pour sourire :

— Le personnel du *Gabriel* est mort sur le coup, annonça-t-il. En tout cas, les officiers de passerelle ont été tués. J'ai averti le commandant du détachement d'arraisonnement de ne toucher ni aux appareils mécaniques ni aux instruments de contrôle.

— Vous pensez à tout, vous autres wogs, n'est-ce pas?

Fobo haussa les épaules.

— Nous sommes d'authentiques pacifistes. Mais nous sommes aussi de vrais « réalistes », ce qui n'est pas le cas des Terriens. Lorsque nous devons prendre des mesures pour détruire la vermine, nous faisons de notre mieux pour l'annihiler totalement. Sur cette planète infestée d'insectes, nous avons acquis une longue expérience de ce genre de batailles au cours de l'histoire.

Il baissa les yeux sur Macneff qui, à quatre pattes, le regard vitreux, balançait la tête comme un ours blessé.

— Je ne vous inclus pas dans cette vermine, Hal, reprit le wog. Vous êtes libre d'aller où vous voulez et de faire ce que vous voulez.

Yarrow se laissa tomber sur une chaise.

— Je crois que c'est ce que j'ai souhaité toute ma vie, murmura-t-il d'une voix que la douleur rendait rauque. La liberté d'aller où je voulais de faire ce que bon me semblait... Mais que me reste-t-il maintenant? Je n'ai plus personne...

— Il vous reste encore beaucoup, Hal, dit Fobo. (Des larmes coulèrent le long de son nez au bout duquel elles se rassemblaient.) Vous avez vos filles dont il faut vous occuper et qui ont besoin d'être aimées. D'ici peu, on les sortira de la couveuse — elles ont fort bien supporté d'avoir été prématurément extraites — et ce seront de beaux bébés. Aussi proches de vous que n'importe quel enfant humain. Après tout, elles vous ressemblent — dans une version féminine, naturellement. Elles ont les mêmes gènes que vous. Que les gènes agissent par des moyens cellulaires ou photoniques, quelle différence? Par ailleurs, vous ne resterez pas sans compagne. N'oubliez pas que Jeannette avait des tantes et des sœurs. Toutes jeunes et belles. Je suis certain que nous parviendrons à les retrouver.

Hal enfouit son visage entre ses mains.

— Merci, Fobo, mais ce n'est pas mon genre.

— Pas tout de suite, mais votre chagrin s'atténuera. Vous finirez par penser que la vie vaut encore la peine d'être vécue.

Quelqu'un entra dans la pièce. Hal leva les yeux. C'était une infirmière.

— Nous sortons le corps, docteur Fobo. L'homme désire-t-il la voir une dernière fois?

Hal secoua la tête. Fobo s'approcha de lui et lui posa la main sur l'épaule.

— On dirait que vous allez avoir un malaise. Voulez-vous des sels?

— Non, c'est inutile, dit Hal.

Deux autres infirmières apparurent, portant

une civière recouverte d'un drap blanc d'où émergeait une cascade de cheveux noirs.

Hal ne bougea pas. Il resta assis et gémit :

— Jeannette! Jeannette! Si seulement tu m'avais assez aimé pour tout me dire...

Science-fiction

Depuis 1970, cette collection est leader du genre en France. Elle a publié la plupart des grands classiques (Asimov, Van Vogt, Clarke, Dick, Vance, Simak), mais elle a aussi révélé de nombreux jeunes auteurs qui seront les écrivains de premier plan de demain (Tim Powers, David Brin, Greg Bear, Kim Stanley Robinson, etc.). La S-F est reconnue aujourd'hui comme littérature à part entière, étudiée dans les écoles et les universités. Elle est véritablement la littérature de notre temps.

	Univers 1986 *2012/**4****
	Univers 1989 *2572/**4****
	Univers 1990 *2780/**4****
ANDERSON Poul	***La patrouille du temps*** *1409/**3****
ASIMOV Isaac	***Les cavernes d'acier*** *404/**3****
	Les robots *453/**3****
	Face aux feux du soleil *468/**3****
	Tyrann *484/**3****
	Un défilé de robots *542/**3****
	Cailloux dans le ciel *552/**3****
	La voie martienne *870/**3****
	Les robots de l'aube *1602/**3*** & 1603/**3*** Inédit*
	Les robots et l'empire *1996/**4*** & 1997/**4*** Inédit*
	Asimov parallèle *2277/**4*** Inédit*
	Le robot qui rêvait *2388/**6*** Inédit*
	La cité des robots *2573/**6*** & 2875/**6*** Inédits*
ATWOOD Margaret	***La servante écarlate*** *2781/**4****
BALLARD J.G.	***La forêt de cristal*** *2652/**3****
	Le monde englouti *2667/**3****
	Salut l'Amérique ! *2704/**3****
	La plage ultime *2859/**3****
BELFIORE Robert	***La huitième vie du chat*** *2278/**3*** Inédit*
BESSIERE Richard	***Les 7 anneaux de Rhéa*** *2848/**2****
BLAYLOCK James	***Le dernier denier*** *2860/**5*** Inédit*
BOGDANOFF Igor & Grishka	***La machine fantôme*** *1921/**3****
BRIN David	***Marée stellaire*** *1981/**5*** Inédit*
	Le facteur *2261/**5*** Inédit*
	Élévation - 1 *2552/**5*** & 2553/**5*** Inédit*
CANAL Richard	***Swap-Swap*** *2836/**3****
CARD Orson Scott	***Abyss*** *2657/**4*** Inédit*
CARROLL Jonathan	***Le pays du fou rire*** *2450/**4*** Inédit*
	Ombres complices *2718/**3*** Inédit*
CHERRYH C.J.	***Les adieux du soleil*** *1354/**3****
	L'Opéra de l'espace *1563/**3****
	La vengeance de Chanur *2289/**4*** Inédit*
	Le retour de Chanur *2609/**6*** Inédit*
	Les légions de l'enfer *2814/**5****
CLARKE Arthur C.	***2001 l'odyssée de l'espace*** *349/**2****
	2010 : odyssée deux *1721/**3****
	Les enfants d'Icare *799/**3****
	Terre, planète impériale *904/**4****
	Rendez-vous avec Rama *1047/**3****
	Les fontaines du paradis *1304/**3****
	Base Venus :
	-Point de rupture *2668/**4*** Inédit*
	-Maelström *2679/**4*** Inédit*

CURVAL Philippe	Le ressac de l'espace 595/3*
DICK Philip K.	Loterie solaire 547/2*
	Le maître du Haut Château 567/4*
	Ubik 633/3*
	Les clans de la lune alphane 879/3*
	Les machines à illusion 1067/3*
	Le dieu venu du Centaure 1379/3*
	Le message de Frolix 8 1708/3*
	Blade runner 1768/3*
	Coulez mes larmes, dit le policier 2451/3*
DONALDSON Stephen R.	Thomas l'Incrélude - L'éternité rompue 2406/6* Inédit
DREW Wayland	Miracle sur la 8e rue 2343/3* Inédit
	Willow 2487/3*
FARMER Philip José	Le Fleuve de l'éternité :
	-Le monde du Fleuve 1575/3*
	-Le bateau fabuleux 1589/4*
	-Le noir dessein 2074/6*
	-Le labyrinthe magique 2088/6*
	-Les dieux du Fleuve 2536/6*
FOSTER Alan Dean	Alien 1115/3*
	AlienS 2105/4*
	Futur immédiat - Los Angeles, 1991 2505/3* Inédit
FRÉMION Yves	Rêves de sable, châteaux de sang 2054/3* Inédit
GIBSON William	Neuromancien 2325/4*
	Comte Zéro 2483/4*
	Mona Lisa s'éclate 2735/4* Inédit
GOLDMAN William	Princess Bride 2393/4*
HALDEMAN Joe	La guerre éternelle 1769/3*
HAMILTON Edmond	Le retour aux étoiles 490/3*
HEINLEIN Robert A.	Une porte sur l'été 510/3*
	Double étoile 589/2*
	Vendredi 1782/4*
	Job : une comédie de justice 2135/5* Inédit
	Le chat passe-muraille 2248/6*
	Au-delà du crépuscule 2591/7* Inédit
HERBERT Frank	La ruche d'Hellstrom 1139/4*
HOWARD Robert E.	Conan 1754/3*
	Conan le Cimmérien 1825/3*
	Conan le flibustier 1891/3*
	Conan le vagabond 1935/3*
	Conan l'aventurier 2036/3*
	Conan le guerrier 2120/3*
	Conan l'usurpateur 2224/3*
	Conan le conquérant 2468/3*
JETER K.W.	Machines infernales 2518/4* Inédit
	Horizon vertical 2798/4*
KEYES Daniel	Des fleurs pour Algernon 427/3*
KLEIN Gérard	Les seigneurs de la guerre 628/3*
	La saga d'Argyre :
	-Le rêve des forêts 2164/3*
	-Les voiliers du soleil 2247/2*
	-Le long voyage 2324/2*

LEE Tanith	La saga d'Uasti :
	-Vazkor 1616/3*
	-La déesse voilée 1690/4* Inédit
	-La quête de la Sorcière Blanche 2042/4* Inédit
	Terre de lierre 2469/3* Inédit
LÉOURIER Christian	Mille fois mille fleuves... 2223/2* Inédit
	Les racines de l'oubli 2405/2* Inédit
	La loi du monde 2736/3*
LEVIN Ira	Les femmes de Stepford 649/2*
LOVECRAFT Howard P.	L'affaire Charles Dexter Ward 410/2*
	Dagon 459/5*
	Night Ocean (et autres nouvelles) 2519/3*
MAC AVOY R.A.	Le troisième aigle 2835/4* Inédit
MARTIN Georges R.R.	L'agonie de la lumière 2692/5*
MERRITT Abraham	Les habitants du mirage 557/3*
	La nef d'Ishtar 574/3*
	Le gouffre de la lune 618/4*
	Un visage dans l'abîme 886/4*
MOORE Catherine L.	Shambleau 415/4*
MORRIS Janet E.	La Grande Fornicatrice de Silistra 1245/3*
MORROW James	L'arbre à rêves 2653/4*
OTTUM Bob	Pardon, vous n'avez pas vu ma planète ? 568/3*
PARIS Alain	Daïren 2484/3* Inédit
POHL Frederik	Les Annales des Heechees 2632/4* Inédit
POWERS Tim	Les voies d'Anubis 2011/5* Inédit
	Sur des mers plus ignorées... 2371/4* Inédit
	Le Palais du Déviant 2610/4*
	Le poids de son regard 2874/6* Inédit
RAY Jean	Malpertuis 1677/2*
ROBINSON Kim Stanley	La planète sur la table 2389/4* Inédit
	La Côte Dorée 2639/6* Inédit
SADOUL Jacques	Les meilleurs récits de Weird Tales 2556/6*
SHECKLEY Robert	Le prix du danger 1474/3*
SILVERBERG Robert	Les ailes de la nuit 585/2*
	Un jeu cruel 800/3*
	Les monades urbaines 997/3*
	Pavane au fil du temps 2631/4* Inédit
SIMAK Clifford D.	Demain les chiens 373/3*
	Dans le torrent des siècles 500/4*
	Le pêcheur 609/4*
	Chaîne autour du soleil 814/3*
	Au carrefour des étoiles 847/3*
	Une chasse dangereuse 903/4*
	Les visiteurs 1194/3*
	Projet Vatican XVII 1367/4*
	Le chemin de l'éternité 2432/4* Inédit
	La Confrérie du Talisman 2760/4* Inédit
SPIELBERG Steven	Rencontres du troisième type 947/2*
	E.T. l'extra-terrestre 1378/3*
STEINER Kurt	Le disque rayé 657/2*
TEPPER Sheri S.	Un monde de femmes 2907/5* Inédit
STINE Jovial Bob	La folle histoire de l'espace 2294/3* Inédit

537

Impression Brodard et Taupin
à La Flèche (Sarthe) le 17 décembre 1990
1807D-5 Dépôt légal décembre 1990
ISBN 2-277-11537-1
1er dépôt légal dans la collection : février 1984
Imprimé en France
Editions J'ai lu
27, rue Cassette, 75006 Paris
diffusion France et étranger : Flammarion